나를 살린 20일

기어코 나를 살아내게 해준 그곳,
작은 암자에서의 기록

나를 살린 20일

진은섭 지음

프롤로그

안 아프고 살 순 없을까!

살다 보면 몸이든 마음이든 상처를 입고 병이 든다. 우리 몸은 솔직해서 뿌린 대로 돌아온다. 막 대하면 그냥 넘어가지 않는다. 병은 갑자기 본색을 드러내기도 한다. 몸의 복수가 시작되면 무심코 흘려보낸 몸의 신호를 뒤늦게 깨닫게 된다.

나 역시 수년간 몸이 보낸 경고를 무시했다. 때맞춰 현실은 나를 배신했다. 낙담하고 허탈해하다가 포기하는 순간, 나락으로 수직 낙하했다. 남에게 피해 주지 않고 성실하게 살았다는 자부심이 분노와 좌절로 변했다. 결국 나는 내 몸에 걸려 엎어졌다. '인생 지랄 총량의 법칙'대로라면 쓰나미 같은 기세로 맨땅에 내동댕이쳐졌다고 할 수 있겠다. 내 민낯이 드러났다. 순간 오싹해지며 오장육부 끄트머리서부터 쓴물이 올라왔다. 더 방치하다간 죽거나 미치겠구나 했다.

몸부터 수습해야 했다. 병들면 '왜, 어떻게, 어째서, 하필 내게' 따위는 중요하지 않다. 우선 쓰러진 나를 일으켜 세워야 한다. 그 몫은 오롯이 나의 것이니까. 충전하는 방법은 사람마다 다르다. 자신에게 맞는 치유법을 찾아서 하면 된다. 내 경우에는 그 방법이 템플스테이였다.

20일간 암자에 머물면서 은둔형 자연인으로 살았다. 자고 먹고 싸고 걷고 쉬고 또 자고…. 건강해서 친구나 가족, 사랑하는 사람들과 놀며 수다 떨고 익스트림 스포츠나 핫플레이스, 맛집 탐방을 했어도 신났을 테지만, 인생이 내 맘대로 굴러가는 건 아니니까.

동면하는 짐승처럼 머물러 쉬고 나를 놓아주었다. 나를 쓰러뜨린 것도, 일으킨 것도 몸이다. 채식과 걷기만으로도 살아갈 의지가 회복되는 체험을 했다. 건강하지 않으면 인생이 겸손해진다. '지랄발광'은 조금씩, 평생 나눠 쓰기로 한다.

이 책은 암자에서 쓴 일기를 정리한 것이다. 글을 다듬는 동안 전신거울 앞에 나를 세워 놓은 기분이었다. 길을 잃고 당황한 어린아이인 나를 실감했다. 살아도 살아도 적응이 되지 않는 게 '실패'인 것 같다. 제대로 실패하는 법을 몰라서, 받아들이지 못해서 아프고 외로웠다. 사는 게 넘어지기도 하는 거지, 실패라고 생각하지 않았으면 한다. 시작하기 겁나고, 지치고, 용기를 잃은 분들이 이 글을 읽는 동안 충전이 되고 회복할 용기를 얻었으면 한다.

이 책은 많은 분들의 배려 덕분에 나올 수 있었다. 이희영 님, 송위지 교수님에게 감사의 마음을 전한다. 양동민 편집이사님, 김소영 차장님을 비롯한 불광출판사의 모든 식구들과 김남수 <월간 불광> 편집장님에게 머리 숙여 감사드린다. 참선 수행의 길로 이끌어주신 범일 거사님에게도 감사드린다. 앞으로도 잘 부탁드립니다. 책이 나오는 동안 응원을 보내준 친구들, 가족들에게도 고마움을 전한다. 늘 옆에서 재잘재잘 유쾌한 에너지로 웃게 만들고 때론 게으른 내게 죽비 같은 동생 명섭과 명자, 고맙다. 건강하고 행복하자. 최근 노환에 몸과 마음이 달라져서 아픈 엄마, 살아 있어 줘서 고마워요. 흔쾌히 받아준 삼선암 주지 스님과 가족들, 고맙습니다. 그리고 우울했던 내게 자신감을 불어넣어 주고 동반 성장했다고 말해준 고성인 선생에게 특별히 감사드린다. 마지막으로 나의 이야기를 들어준 많은 분들, 독자님들, 모두에게 감사드린다.

2022년 초여름

진은섭

차례

1부 후회 없는 한량이 될 거야

2부 담장 너머는 남의 일

3부 누구나 자기 방식대로 사는 노하우가 있다

4부 행복이 별건가

1부
후회 없는
한량이 될 거야

어디든 가자

"푹 쉬어!"

현대인들이 피곤하고 힘들 때면 서로 주고받는 말이다. 나도 집에서 푹 쉬면 몸도, 마음도 나아질 줄 알았다. 시체가 돼서 푹 자고 일어나면 재충전이 되곤 했다. 그런데 이번에는 다르다. 눈을 감고 있어도 몸은 천근만근이고, 두통은 없어질 줄 모른다.

어쩌면 암보다 무서운 게 지친 마음일지도 모른다. 겉은 멀쩡해서 살아 있는 것 같지만 마음이 죽으니 산송장이 된다. 이 증세는 수년 전부터 시작됐다.

계급이 깡패라는 조직에서 15년 가까이 같은 직급에 머물렀다. 임기제는 열외니까, 승진은 없다고 하니까, 반은 포기도 했다. 그런데 가뭄에 콩 나듯 자리가 생겼다. 공고하고 시험을 보겠지? 드디어 기회가 오는구나! 하지만 내겐 도전

할 기회조차 오지 않았다. 시험이라면 자신 있었는데, 희망이 물거품이 됐다.

임기제 직원은 용병이라고 아무렇지 않게 말하는 동료가 있었다. 네 주제를 알라는 뜻이었다. 십수 년 한솥밥을 먹었어도 식구가 아닌 기분. 적자(嫡子)와 서자(庶子)가 분명히 다른 홍길동 같은 심정. 눈물이 쏟아졌다. 좌절감이 급속도로 퍼지면서 겨우 겨우 붙들고 있던 끈을 놓아버린 것 같다.

자부심도, 자존심도 없이 버틴 시간들. 출근하는 아침은 지옥이 됐고, 사무실은 흉물 같고 괴물 같았다. 그럼에도 끝없이 밀려드는 일들, 벌려놨던 프로젝트들, 내심 뿌듯해하던 성과물들, 상패들이 공허했다.

자주 피로해지고 무기력해졌다. 업무 능력이 떨어지고 두통에, 불면증에 시달렸다. 나이 탓인가? 남들도 다 이러고 살지. 다들 그렇게 사니까. 악착같이 버티는 데 안 아프고 배겨?

'번아웃(burn out)', 견디다 못해 찾아간 병원에서 의사가 내린 진단명이다. 번아웃인 줄은 꿈에도 몰랐다. 예쁜 얼굴은 아니지만 웃는 상이던 얼굴은 썩소로 변했다. 텔레비전에서 건강미 넘치는 사람만 봐도 "네가 언제까지 탱탱할 줄 아니?" 하면서 어느새 팥쥐 같은 말을 내뱉는 내 자신에 깜짝 놀랐다.

답답하던 중에 경 언니에게 연락이 왔다. 부탁한 암자[•]에서 받아준다고 한다. 망설이지 않고 내일 출발한다고 자신 있게 말했는데 막상 지친 몸을 이끌고 산으로 들어가려니 이마저도 피곤해진다. 차편을 알아보니 아침과 저녁, 하루 두 번 시외버스가 있다. 암자에 밤늦게 택시를 타고 들어갈 순 없으니 첫차를 타야겠다. 채비를 서두른다.

• 조용한 곳에 있는 작은 절, 또는 큰 절에 딸려 있는 작은 절을 말한다.

아무도 모르는 곳

'엄마!' 당연히 먼저 엄마가 떠올랐지만, 엄마가 있는 집으로 갈 순 없었다. 오히려 내가 돌봐줘야 할 독거 노인인데, 아프다고 할 수 없었다. 밥 잘하고 가족들에겐 천사인 언니는 언제든 오라고 할 텐데, 집안에 우환이 생겨서 방문조차 조심스러운 형편이다. 막상 갈 데가 없다.

무조건 서울을 벗어나고 싶다. 한 달 살이, 호캉스 그런 거든 뭐든 그저 칩거, 은둔하고 싶었다. 도망이라도 좋으니 아무도 모르는 곳으로 가고 싶은 간절함뿐. 호텔, 리조트, 에어 비엔비를 알아보다가 템플스테이가 생각났다. 나는 자연인 체질이라 흙냄새, 풀냄새를 맡아야 살 것 같다. 템플스테이 사이트에 들어가서 검색하다가 강진에 괜찮은 사찰을 발견했다. 일단 서울에서 멀고 한 달씩 머물 수 있다. 전화를 걸어보니 예약자가 밀려 있다고 대기자 명단에 넣으란다. 다른 곳도 상황은 비슷했다. 코로나19와 일정, 비용 문제가 겹쳐 안전하게 쉴 장소가 없다. 지푸라기 잡는 심정으로 여기저기 수소문을 했더니 그중 암자 한 곳에서 가능하다는 연락이 왔다. 급할 땐 돌아가는 게 아니라 지인 찬스가 직빵이다. 이것도 자존심이라고 내 한켠이 무너지고 있는 것을 나를 아는 사람들에게는 보여주고 싶지 않아서, 안면식이 전혀 없는 곳이길 바랐지만 어쩔 수 없다. 형편대로 따라야지.

상견례

서울에서 4시간, 시외버스에서 내려 마을버스로 갈아타고 종점에서 내렸다. 혹한과 폭설이 쓸고 간 산골 마을은 인적 하나 없이 칼바람이 분다. 암자까지는 걸어서 10분 거리지만 눈길에 캐리어를 끌고 가야 하니 택시를 잡기로 한다. 그런데 택시는커녕 오가는 차도 없다. 슈퍼 앞 유리문에 써진 콜택시는 답이 없고, 패딩에 털모자를 뒤집어쓴 채 서 있으니 산골짜기에 떨궈진 <바그다드 카페>[•]의 아줌마 꼴이다. 회차 시간을 기다리던 버스 기사님이 나와서 택시를 불러준다. 20분 후 드디어 택시가 왔다. 5분 만에 삼선암에 도착했다.

삼선암은 비구니 스님 두 분이 계시는 해인사의 말사로, 작은 암자다. 텅 빈 경내, 주변을 둘러봐도 내다보는 그림자도 없다. 서프라이즈 환영식을 바란 것도 아닌데 괜히

뻘쭘하다. 인연 따라 오가는 게 절 풍습, 방문 앞에 놓인 신발을 보고 소개받은 스님께 전화를 건다.

"주지 스님, 안녕하세요. 경 언니한테 소개받은 사람입니다. 지금 막 도착했어요!"

전화 받고 나온 주지 스님은 170센티미터 정도의 큰 키에 마른 체형으로 6, 70대로 보인다. 평생 수행하며 산 사람의 깐깐하면서도 건강한 에너지가 풍긴다. 밥부터 먹으라는 주지 스님을 따라 공양간••으로 가니 밥상을 물리던 참이다. 스님 두 분과 공양주 보살•••의 눈길이 한꺼번에 쏠린다. 주지 스님에게 삼배한 후 밥상에 앉는다. 주지 스님은 홍시를 먹으며 "경이가 서울 양반 애기 보디끼(아기 다루듯) 잘해주라 캤다." 하신다. 경 언니는 몸도 마음도 아픈 애니 잘 부탁한다고 했단다. 그 말에 불현듯 서글프다.

주지 스님은 이곳에서 지켜야 할 건 없다고, 다 알아서 하란다. 그 '알아서 하라'는 말씀이 더 무섭다. 알아서 잘하면 이 깊은 산중에 왔을까?

"삼시세끼 시간만 지키면 된다. 우리는 김치밖에 없다. 밥은 직접 해 먹어도 된다길래 받아준 기다."

"네, 신경 쓰지 마세요. 고맙습니다."

아침은 일곱 시, 점심은 열두 시, 저녁은 다섯 시다. 평소 아침은 거르는 데다 중종 소화불량이라 아침은 안 먹겠다고 말씀드렸다.

드디어 내가 20일 동안 머물 방에 들어왔다. 보일러가 돌고 있지만 냉기가 덜 빠져 춥다. 아랫목에 깔려 있는 이불에 손을 넣어보니 따뜻하다. 이불이 얇아서 한 개 더 깔았다. 암자 생활은 처음인 데다 길잡이도, 정해진 일정도 없다. 이제부터 눈치껏 살아야 한다. 방 가운데 서서 둘러본다. 마침내 첩첩산중에 온 게 실감 난다.

• 허허벌판인 사막 한가운데 있는 먼지투성이의 초라한 '바그다드 카페'에서 남편을 쫓아낸 여자와 남편에게 쫓겨난 여자가 함께 생활하며 서로를 이해하고 행복해지는 이야기를 담은 영화다.

•• 절에서 식사를 '공양'이라고 하듯, 공양간은 부엌을 가리킨다. 공양주는 공양간 일의 총 책임자이다.

••• 절에서는 여자 신도를 부를 때 보살이라고 하고, 남자 신도는 거사라고 부른다.

쉬운 게 어렵다

꽁꽁 싸매고 법당으로 갔다. 불기 없는 법당에서 혼자 예불을 준비하던 법당 스님이 미소로 맞아준다. 스님은 저녁 예불은 간단히 법성게•를 읽으면 된다고 알려준다. 법성게를 따라 읽는데 느닷없이 눈물이 나더니 멈추질 않는다. 죽을 남편이 있는 것도 아니고, 아픈 자식이 있는 것도 아닌데 서럽다. 경을 읽거나 절을 하다가 이유 없이 눈물이 쏟아질 때가 있다. 통설은 눈물로 업장 소멸하는 거라지만, 이것도 어쩌다 한두 번이지 불쑥, 자주 눈물이 쏟아지면 당황스럽다. 업이 이렇게 두터운가 싶기도 하고. 주책맞은 티 안 내려 소매 끝으로 닦아낸다.

첫날부터 예불 들어온 게 기특한지 법당 스님은 방에 가서 독송하라며 『금강경』과 『우리말 반야심경』을 챙겨주신다. 얼핏 보니 내 나이 또래인 것 같다. 얼굴은 아기 동자

같으신데, 손은 우리 엄마만큼 투박하다. 비구니 스님만 계신 절이라서 일이 많은가 보다.

그리고 추우니 방에서 예불해도 된다며 예불문과 법성게도 얹어주시고는 축원 기도를 해준다며 이름을 묻는다. 예의를 다해 또박또박 대답한다는 게 실수다. '진 자, 은 자, 섭 자'라고 해버린 거다. 어린 사람이나 아랫사람이 자기 이름을 대면서 '자'를 붙이면 상놈이다, 못 배웠다는 말을 요즘도 듣나? 역시나 스님이 잘못을 지적한다. 그럴 수도 있지. 뭐 이런 것 갖고 지적을 하시나? "그럼 어떻게 해야 할까요?" 내 소심한 반발에 스님 눈이 동그래진다.

방으로 돌아오면서 방금 전 내 태도가 부끄러워졌다. 그러고 보니 어느 때부턴가 내 마음이 삐딱해졌다. 상대방의 말뜻을 순수하게 받아들이지도 못하고, 천성도 약해서 저질러놓고 괴롭다. 중증이다. 그냥 크게, 또박또박 한 자씩 말했으면 됐을 것을. "진, 은, 섭입니다."라고. 쉬운 게 때론 어렵다.

- 신라 시대의 큰스님인 의상 대사가 『화엄경』의 내용을 압축해서 한문 210자로 쓴 시(게송)인데, 예불 등의 의식을 할 때 독송하기도 한다.

첫날밤

웃풍이 거세 여닫이문 사이로 칼바람이 들어온다. 세상과 단절하고 싶어 왔지만 일단 너무 춥다. 이불을 두 개나 덮어도 얼굴이 시리다. 머리까지 덮으면 압사할 것 같다.

문득 엄마가 보고 싶다. 엄마한테 안겨 엉엉 울고 싶다. 아무도 몰라주는 이 아픔을 엄마가 그냥 받아주면 좋겠다. 아무 말 말고 그냥 안아주었으면 한다.

평생을 소처럼 일만 하다 늙어버린 여자, 엄마. '왜 그렇게 열심히 사셨어요? 나도 맹목적으로 그렇게 살고 있잖아요'. 엄마에게 남은 건 밤새 잠 못 자게 하는 관절염, 내게 남은 건 번아웃과 우울 증세. 지금도 이렇게 엄마가 보고 싶은데, 안겨서 투정 부리고 싶은데, 그러질 못해서 엄마가 정말 밉다.

정작 엄마가 보는 나는 완벽한 딸일까? 평생 농사일에

찌든 엄마에게 "엄마, 제발 쓸데없는 말 좀 줄이고, 어른답게 고상해져 봐." 그랬다. 제멋대로 엄마다움을 요구하는 못된 딸, 끊임없이 애프터 서비스를 요구하는 이 애물단지야!

영화처럼, 인공지능 엄마가 허전함을 달래주면 부모에게 투정을 부릴 일도 마음이 쓸쓸해서 울 일도 없을까? 인격이 훌륭하더라도 한 군데쯤 유치할 수도 있고, 감정이 앞서면 어리석기 쉽다. 감정에 휘둘리는 게 인간 아닌가!

108배

예불을 마치고 법당을 나서는데 법당 스님이 잡는다.

"나는 『금강경』을 외울 테니 보살님은 108배를 하셔요."

"108배요?(나는 지금 쉬러 왔다고요!)"

한석봉 어머니도 아니고, 무슨 제안을 추워 죽을 법당에서 하시나 싶은데 내 마음을 눈치챘는지 "절하면 안 추워." 하신다. 어쩔 수 없이 좌복●을 놓는데 스님은 주저 없이 『금강경』을 읊으신다. 나는 『금강경』 소리에 맞춰 108배를 해야 한다. 아뿔싸! 108배는 길어야 20분이지만 『금강경』 독송(讀誦)은 최소 30분이다. 아, 이 죽일 놈의 성실성! 『금강경』 소리에 맞춰 절을 마쳤다.

독송을 마친 스님이 108배 다 했느냐고 묻길래 진심인가 빤히 봤다. '40분 내내 절했다고요!' 항변하려다 참고, 붉

게 상기된 얼굴로 공손히 합장[••]하고 말했다.

"네, 무사히 마쳤습니다."

스님은 기도가 더 남았다고 하시기에 얼른 법당을 빠져 나왔다. 경내가 깜깜 칠흑이다. 스님이 따라 나와서 마루 기둥에 달린 전등을 켜주신다. 돌계단을 내려오는데 허벅지부터 다리가 후들거리기 시작한다.

• 절에서 쓰는 커다란 방석. 예불할 때나 스님을 뵐 때, 참선할 때 앉는다. 절할 때도 좌복을 놓고 해야 무릎이나 팔꿈치가 덜 아프다.

•• 인사하거나 절하기 전에 가슴께로 두 손을 올려 손바닥이 마주하도록 모으는 것. 두 손을 모아 겹치는 건 마음을 하나로 모은다는 의미라고 한다.

네 분수를 알라

새벽 별 보러 나가다 토방에서 헛디뎌 고꾸라졌다. 토방과 마당 사이 둔덕을 못 본 탓도 있지만 다리가 풀려 나도 모르게 뚝 떨어졌다. 마당에 엎어진 순간 눈물이 핑 돌아 별이고 나발이고 방으로 돌아와 아픈 곳을 살폈다. 오른쪽 팔꿈치와 무릎이 까졌다. 쓰라린 아픔을 참고 돌아눕는데 어느 틈에 달라붙었는지 자갈 두 개가 옷에서 떨어진다. 자갈마저 얼어붙는 새벽.

아픈 것도 아픈 것이지만 108배 후유증이 크다. 뻐근한 허벅지는 3, 4일이 지나도 안 풀릴 것 같다. 약사전• 앞에서 절뚝이며 계단을 오르는 나를 발견한 법당 스님이 빤히 쳐다본다. 나도 명색이 불자인데, 머쓱해서 "간만에 108배를 해서인지 근육이 놀랐나 봐요." 했다.

"보살님, 그거 금방 낫는 약 있어요."

"그래요?" 솔깃해 물으니 "108배를 하세요. 이열치열 몰라요?" 뜨악해진 나는 그 자리서 굳어진다.

- 사람들의 아픈 몸을 고쳐주고 재앙을 소멸시켜 준다는 약사여래 부처님을 모신 곳이다.

생긴 대로 살아

사람 사는 이치는 어디나 마찬가지. 말솜씨 좋고 처세가 능하면 대접받기 쉽다. 일은 뒷전이고 말발로 사는 능력자(?)도 있다. 인간의 역사는 심심찮게 능수능란한 달변가에 의해 요동쳐왔다.

숙제하기 싫은 학생처럼 오늘은 절하기가 싫다. 점심 공양하다가 맞은편에 앉은 법당 스님에게 "스님, 오늘은 절 못 해요." 했다.

"왜요? 무슨 일 있어요?"

"새벽에 별 보러 나왔다가 넘어져 다쳤어요."

아차, 새벽 예불 가다 넘어졌다고 할 걸 뒤늦은 후회. 절에 가도 말만 잘하면 고기 얻어 먹는다는데 순발력이 있어야 칭찬을 받지. 에이, 밥이나 먹자.

처세의 고수랄까? 기억에 남는 상사가 있다. 젠틀한 외모에 사람 좋은 인상인데, 한번은 내가 올린 보고서를 트집 잡으면서 "니가 공주야? 왜 이렇게 말귀를 못 알아들어?" 하면서 눈물이 쏙 빠지게 혼을 냈다. 얼마 뒤 내가 나름 힘 있는 자리로 옮기자 그분은 일부러 찾아와서 깍듯하게 90도로 고개 숙이며 내가 한 번도 본 적이 없는 얼굴로 잘 부탁한다고 했다. 자기 감정을 감출 줄도 알아야 하는데, 나는 왜 포커페이스가 안 될까? 직장 생활이 힘든 이유 중 하나다. 아부가 배워서 되는 일이라면 학원이라도 가고 싶다.

아부를 잘하는 사람은 그게 맞춤옷처럼 자연스러워서 자신도, 상대방도 아부를 하는지조차 모른단다. 하지만 안 하던 사람은 잘못 낀 단추처럼 불편하고 금방 들통이 난다. 상대방도 어색해지고. 무엇보다 억지 춘향으로 노력한 아부는 결코 몸에 밴 아부를 따라갈 수 없다. 반대급부가 차이 날 수밖에 없는 것. 결론은 생긴 대로 사는 거다.

무계획 상팔자

암자에 온 지 3일째, 아무 생각 없이 멍 때리고 지낸다. 늦잠 자고 빈둥대다 밥 먹고 예불하고 또 잤다. 깨우거나 방해하는 사람도 없고 내 맘대로다.

심심해져서 방문을 열면 옆방 고양이가 와서 꼬리 친다.

"안 놀아줘, 인마. 허리가 끊어지도록 누워 있을 거야."

마당은 고요하다. 새벽 네 시에 일어나도 딱히 부지런을 떨 이유도 없고, 한 시간 이상 뭔가 지속할 기운도 없다. 계획은 안 세운다. 게으름 피우면 안 돼? 고작 20일이잖아.

분유와 키의 상관관계

아침 공복엔 녹차보다는 분유가 나을 것 같아 끓인 물에 두 스푼씩 타 마신다. 내게 분유 먹기를 권유한 친구는 대학교 때 2년간 분유를 먹고 키가 10센티미터 이상 자랐단다. 맛이 없으면 조청을 타 먹어도 되고, 가끔 쑥떡, 누룽지 등 간식을 곁들이면 입맛이 돈다. 어느새 큰 분유통이 텅 빈다. 키야, 줄지 마라! 축 처진 어깨를 펴고 허리를 곧추세우고 먹는 아침.

유유자적

점심 공양 후엔 어김없이 산보를 간다. 새소리, 바람 소리, 계곡 물소리 따라 유유자적 빈둥대니 한량이 따로 없다. 주변 암자도 가고, 일주문• 밖 등산객을 상대하는 식당이나 등산 용품을 파는 산동네를 어슬렁댄다. 흙냄새, 풀벌레 소리, 산과 들을 뛰어다니던 어린 시절의 나로 돌아가는 기분이다.

암자 밖을 나설 때면 외출 신고 겸 출처를 밝혀둔다. 짧게는 해인사 성보박물관••까지 한 시간가량 걷고, 길게는 일주문 밖 소리길 따라 길상암까지 다녀오는데 두 시간 정도 걸린다. 나갈 때마다 "한 바퀴 돌고 올게요." 신고하니 나중에는 귀찮은지 그냥 다녀오란다.

멧돼지가 절 경내까지 내려와 어슬렁대는 걸 본 적 있다. 계곡물에 빠져 다치거나 멧돼지한테 걸려 오도 가도 못할지도 모르는데 만약에 그러면 어떡하지? 걱정이 된다.

어딜 가든 낯설고 아무도 없지만 멈추지 않고 걷는다. 오르락내리락 한 바퀴 돌면 배가 꺼진다. 더부룩한 속이 안 꺼질 때도 있지만 자다가 허기지면 잠 깰라 밥 먹으러 간다.

계곡물 소리가 좋아서, 숲 바람이 청량해서 이름 붙여진 소리길은 때론 계곡물 소리가 요란해서 무섭다. 막다른 골목이나 외진 숲에서는 낯선 사람을 만나는 것도 무섭지만 인적이 뚝 끊겨도 겁난다. 여자라서 불안한지, 간이 졸아서 그런지 바스락 소리에도 얼어붙는다. 깊은 산속 자연인의 삶, 4,300마일을 걸은 셰릴 스트레이드(Cheryl Strayed)••• 같은 강적들의 실화는 딴 세상 이야기다. 늘 유유자적할 순 없지. 본래 속사정이란 겉보기와는 다른 거다.

• 절의 입구. 사찰에 들어설 때 가장 먼저 만나는 문이다. 기둥이 한 줄로 늘어서 있어서 일주문(一柱門)이라고 한다.

•• 절에서는 불교 관련 문화재와 예술품을 '성보(聖寶)'라고 부르는데, 이런 성보를 소장, 관리하면서 전시하는 갤러리 겸 박물관이 성보박물관이다.

••• 남미에서 북미를 가로질러 미국 서부를 종단하는 도보 여행 코스인 '퍼시픽 크레스트 트레일(PCT)'을 완주한 여성이다. 사랑하는 어머니의 죽음으로 큰 상처를 받고 스스로를 학대하였지만 PCT를 하면서 고통과 맞설 수 있는 용기를 얻었단다. 그녀의 이야기는 『와일드』라는 책과 동명의 영화로 만날 수 있다.

자발적 고립

후회 없는 한량이 되자고 다짐. 하루 일과표를 작성해보았다. 밥 먹고 잠자는 시간 빼면 내 맘대로지만 최소한의 기준을 세운다. 뭔가 기준 없이는 중심을 잡기가 어렵다. 사람을 피해 산중까지 들어왔지만 여기도 사람 사는 세상. 무계획에도 계획이 필요하다.

첫째는 자발적 고립, 오로지 나를 위한 시간을 갖는다. 도량석[•] 도는 새벽 네 시부터 정오까지, 여덟 시간은 묵언[••] 하며 방 안에 머물기로 한다. 안거 기간 동안 공부하러 오신 선방[•••] 스님 포함해서 식구가 네 명뿐인 작은 암자지만 그래도 혼자 있을 시간은 필요하다. 암자 식구들이 모여 아침 조회 겸 식사하는 아침 공양은 패스. 공식 일정은 점심시간부터 하기로 한다.

도량석 소리에 눈을 떠서 공복에 물 한 컵 마시고 새벽 예불, 경을 읽고 모닝 참선[••••]을 한다. 일곱 시부터 한 시간은 과일로 간단히 요기, 혼밥을 마친 후 청소하고 쉰다. 쉬는 시간에는 멍 때리거나 경을 읽거나 편하게 보낸다. 방 안에 혼자 있으면 멈춘 시간 속에 떠 있는 것 같다. 벽시계의 바늘 소리만이 내가 여기 있는 걸 일깨워준다. 시간이 잡고자 하는 것은 바늘의 움직임일 뿐이라는 걸 깨닫는 편이 낫다는 말처럼, 시간이 없는 세상 속에서 평화를 만난다.

• 절에서 새벽 예불 전에 잠든 생명을 깨우고 주변을 청정하게 하기 위해 하는 의식이다. 보통 새벽 3시 반쯤 진행하는데, 스님 한 분이 염불과 함께 목탁을 치며 건물 주위를 도는 형식이다.

•• 말을 하지 않고, 침묵을 유지하는 것. 쓸데없는 말이나 허튼소리 등 말로 나쁜 업을 짓지 않도록 막고, 자신의 감정을 조절하도록 한다.

••• 참선 수행하는 방.

•••• 가부좌를 하고 앉아 차분히 화두를 드는 수행 방식이다. 눈을 감고 생각하는 명상과 달리 눈을 감지 않고 생각에 빠지지도 말아야 한다.

후원•은 공양 때만 드나든다

공양간에 점심과 저녁 두 번만 가기로 한 건 현실적인 이유에서다. 만성 소화불량으로 배가 더부룩하고, 가스가 차서 하루종일 굶어도 허기를 못 느낀다. 온종일 먹은 게 없는 데도 폭식한 사람처럼 배가 빵빵하게 부푼 기분 나쁜 심정을 아는가?

그럼에도 식탐 버릇이 남아 먹을 것 앞에 서면 조절이 힘들다. 냉장고만 열면 보시로 들어온 과일이 있고, 일대에서 음식 솜씨 최고라는 주지 스님의 채식 요리를 두고 울며 겨자 먹기로 정한 기준이다.

아침은 안 먹고 저녁 공양을 건너뛰거나 간식을 안 찾으니 주지 스님이 은근히 걱정하신다. "배 불러요.", "배가 안 꺼졌어요." 하는 거절들이 빈말처럼 들리나 보다. 과식하면 후환이 두렵다. 유혹을 못 이겨 한 수저 더 뜨면 그때부터 뱃속과의 전쟁이다. 물만 마셔도 배에 가스가 차고, 수저 놓기 바쁘게 배가 빵빵하게 부풀기 일쑤.

살면서 먹는 재미가 반이라는데 그런 재미를 놓치기는 싫다. 아예 못 먹는 건 아니잖아. 맛난 음식을 적게 천천히 먹으면 된다.

• 후원을 우리말로 풀면 '뒤뜰'이다. 절에서는 공양간이 주로 후원에 있기 때문에, 공양간을 뜻하는 다른 말로 쓰인다.

참기 힘든 습관

누구나 참기 힘든 습관이 있다. 암자 옆 계곡을 가로지르는 외다리 극락교는 인적이 드물어 잔잔한 물소리 듣기에 그만이다. 한번은 극락교에 나갔다가 이웃 암자 모퉁이에서 몰래 담배를 피우는 사람을 포착했다. 나처럼 템플스테이를 온 사람 같았다.

단 며칠이지만 몰래 담배를 피우거나 음주 충동에 시달리는 사람들이 있다. 습관이 된 걸 갑자기 금지하면, 반대로 못하는 걸 해야 한다면 사람들은 현타가 온다.

공무원 시험에 낙방한 조카에게 머리도 식힐 겸 절에 가자고 했더니 생각지도 못한 이유로 거절을 당한 적이 있다.

“이모, 저는 108배는 자신 있어요. 근데 고기 없으면 밥 못 먹어서 절에 못 가요.”

하긴 고기 반찬 없이는 밥을 한 끼도 못 먹었다는 세종

대왕도 그런 이유로 절에는 못 갔을 거다.

선방에서 술, 담배, 향수, 화장품, 고기 냄새는 찜통 속 만원 버스, 출퇴근 지옥철의 그것처럼 악취다. 선방에서 고기 냄새라니? 육식하는 사람은 못 느끼지만 채식을 오래한 사람은 하루 전에 먹은 고기 냄새도 맡는다고 한다. 오지랖 넓은 보살들이 화장 지워라, 향수 뿌리지 마라, 잔소리하는 이유다.

뭐니 뭐니 해도 가장 참기 힘든 건 시도 때도 없이 울려대는 스마트폰이다. 어떤 곳에서는 스마트폰을 회수하기도 한다. 법당에서 법문 중일 때 전화 받고, 선방에서 참선 중인데 벨소리가 울리면 정말 난감하다. 나도 폰을 끈 줄 알고 있다가 벨소리가 울려서 폰을 압수당한 적이 있다. 그런데 뒤돌아서서 전화를 받는 스님을 보자 왠지 억울한 느낌.

정오 무렵

삼선암에서 제일 마음에 드는 곳을 꼽는다면 유달리 적막한 약사전 앞 돌계단이다. 이곳에 서면 맞은편 계곡 너머 산이 한눈에 들어온다. 정오 무렵, 양지바른 돌계단 중앙에 앉아본다. 암자를 품에 안은 하늘에 얼굴을 대고 눈을 감으면 햇살에 온몸이 따뜻해진다. 고요한 우주를 유영하는 기분이다. 잡념은 사라지고 무념무상.

여기는 영화 <화양연화>에서 양조위가 사연을 심은 앙코르와트의 돌조각처럼 은근히 매력이 있다. 묵은 세월의 흔적을 감추지 않는 돌계단. 뒷짐을 지고 천천히 오르내리면 어느덧 돌이 품은 사연들이 궁금해진다. 얼마나 많은 사람이 병이 낫기를 간절히 바라면서 이 돌계단을 오르내렸을까? 그 긴 세월만큼 좁은 계단의 돌은 반질반질 닳았다. 염치없지만 여기에 내 아픔 하나쯤 얹어도 되지 않을까….

복도 많지

공양간에 가니 주지 스님이 손수 점심을 준비 중이다. 둥그런 상에 가지런히 놓인 식재료들이 평소와 다르다. 오늘은 특식으로 엘에이(LA) 김밥이란다. 엘에이 김밥이라니? 터무니없는 이름이지만 이름이야 무슨 상관, 맛있으면 그만이다. 굽지 않은 김과 깻잎에 채 썬 당근, 두부전, 김치, 오이, 버섯 등 여덟 가지 속재료를 골고루 넣어 밥과 함께 싸 먹는다. 맛은 임금님 수라상 안 부럽다.

김밥 맛의 비밀은 밥에 있다. 갓 지은 밥에 갈아놓은 붉은 깻잎과 매실 양념을 넣고 비벼주면 끝. 더 깊은 비밀은 안 알려주신다. 깻잎은 굽지 않은 김의 비린 맛을 잡아준다. 파도의 비린 맛이 좋으면 그냥 먹는다. 법당 스님이 매운 냉이 소스를 얹어 먹으면 더 맛있다고 알려준다. 따라 해보니 색다르다. 연신 감탄하며 먹기 바쁜 우리들을 보며 주지 스님도 흐뭇해하신다.

곁들여 먹는 된장국은 30년 묵은 귀한 된장으로 만든 거란다. 동동 뜬 팽이버섯을 휘휘 저어가며 아껴 먹는다. 영화 <먹고, 기도하고, 사랑하라>의 주인공이 된 기분이다. 엘에이 김밥은 일 년에 두세 번 맛볼까 한 스님의 특별 메뉴. 나는 이곳에 온 지 3일 만에 먹는 특혜를 누린다. 복도 많지!

속 좀 더부룩하고 밤새 화장실을 들락날락해도 상관없다. 정말 너무 맛있어서 그 고통쯤 참을 수 있다. 그런데 벌써 속이 부글거린다.

커피 매직

커피숍에만 바리스타가 있는 게 아니다. 삼선암에도 바리스타가 두 분이나 있다. 주지 스님과 선방 스님이다. 선방 스님은 내린 커피를 텀블러에 담아 공양간 싱크대에 올려둔다. 그러면 가져와 방에서 마신다.

주지 스님은 가끔 "커피 마실 사람?" 묻고는 그만큼 원두를 간다. "연하게? 진하게?" 확인하고 주문대로 만드니 옆에 앉아 구경하는 것도 재미있다. 긴 주전자 주둥이에서 떨어지는 물줄기가 휘휘 돌며 후원 가득 커피 향이 퍼진다. 커피 맛은 말해 뭐해? 블루보틀(커피 맛 좋기로 유명한 커피 체인) 안 부럽다. 후식 커피까지 풀 코스 만찬, 게다가 공짜다.

나도 모르게 바리스타 자격증이 있으시냐고 묻자, 주지 스님은 "없는데…." 얼굴을 마주보고 파안대소한다. 자격증 없는 바리스타가 내려준 커피 중에 최고로 맛 좋다.

떠나고 싶어 산속에 들어왔지만 커피 하나로 사회에서 멀지 않은 것 같은 안도감, 격리된 기분이 안 드는 이율배반, 이건 뭘까!

무모한 도전

주지 스님과 선방 스님이 소리길로 산책을 간다길래 무작정 따라나섰다가 혼쭐이 났다. 산책은 무슨? 올레길 풀코스 완주처럼 힘든 여정이었다. 건강했을 때는 나도 나름 걷는 데는 일가견이 있었다고 자부한다. 하지만 두 스님은 엄홍길 급으로 시종일관 날아다닌다.

사람인가? 발 빠른 두 분 스님 뒤꽁무니를 안 놓치려고 쫓다가 덜컥 후회가 밀려든다.

'미련한 것, 왜 덜컥 따라나선 거냐?'

숨이 차고 신물이 넘어온다. 돌아가려고 뒤를 보니 공양주 보살님이 벌개진 얼굴로 멈춰서서 "알아서 따라갈 테니 먼저 가소." 손을 내젓는다. 그러면서 주지 스님은 산꼭대기에 있는 마애불•까지 험준한 숲길을 매일 새벽마다 두 시간 만에 오르내렸다고 뒤늦게 귀띔해준다. 보통 사람은 두

배는 걸린다고 한다.

이날, 쉬러 왔다가 소리길에서 죽을 뻔했다. 결국 가야면 시내까지 7킬로미터를 두 시간 만에 주파했다. 이건 뭐 엄홍길 대장이 초짜 데리고 남산 둘레길을 두 시간 만에 종주한 셈이다. 쓴내를 삼키고 겨우 주지 스님 일행을 따라잡고는 아무렇지 않은 듯 인사했다.

"혼자서는 절대 못 걸었을 거예요. 스님만 쫓아 가까스로 왔어요. 고맙습니다, 스님."

그러자 주지 스님 왈, "서울 양반 때문에 슬슬 걸어준 기다." 츤데레•• 스님. '스님. 덕분에 살았어요!'

공양주 보살님은 시내에 볼일이 있다고 남는 바람에 주지 스님이 직접 저녁을 준비하신다. 배가 안 꺼져서 저녁은 못 먹는다고 아무렇지 않은 척 핑계를 대니 괜찮은 줄 아신다. 주지 스님은 다녀와서 저녁까지 준비하시는데, 오늘밤 나는 밥 먹을 기운조차 없다. 방에 기어들어 오자마자 대자로 뻗는다.

소리길 완주 후 공양주 보살님이 나를 보는 눈이 달라졌다. 삼시세끼도 다 못 먹고 비실대는 작고 여린 나를 스님들이 걱정하자 납득이 안 가는 표정으로 "이래봬도 소리길 완주한 몸이에요" 한마디 거든다.

나는 지리산 남원골 운봉에서 태어났다. 그러니까 본래 타고난 야생녀 체질인 셈이지. 아무튼 산에 가면 날짐승처럼 몸이 가벼워진다. 돌아오면 거짓말처럼 천근만근 진이 빠지고 2, 3일 몸살을 앓는다.

- 커다란 바위나 절벽에 부처님이나 보살님을 새긴 것을 말한다. 특히 서산 마애불, 태안 삼존마애불 등이 유명하다.

●● 쌀쌀맞고 인정 없어 보이지만 실제로는 다정한 사람을 뜻하는 말이다. 일본에서 생겨난 표현인데, 어느새 우리나라까지 전해졌다.

세상 이치

가야면 인근 언덕에 폐가만 늘어가는 동네 맞은편은 전원주택 짓기가 한창이다. 폐가는 한 채에 천만 원밖에 안 하는 데도 사러 오는 사람이 없다고 주변 소식통인 공양주 보살님이 안타까워한다. 아직 살 만한데 왜 산을 깎고, 나무를 자르는지 궁금하다.

"고쳐 살면 살 만할 텐데 왜 산을 깎는대요?"

"낡은 건 버리고 새것을 찾는 게 세상 이치지요!"

명답에 무릎을 친다.

사람도 나이 들면 후배에게 바통을 넘겨줘야 하나 보다. 화려한 시절이 추억이 될 때는 물러날 신호임을 감지하고 준비를 할 것. 어쩌다 보면 월급만 축내는 퇴물 취급받기 쉽다. 자기도 모르게 실수를 반복하고, 대충 얼버무리며 넘어가고, 게으르고, 음식물을 옷깃에 흘리는 그런 선배들을 속으로 한심해했었다. 이게 세월의 이치인 줄 모르고 어리석게도 나이 든 선배들을 무시했다. 어느 순간 후배들 눈에 내가 퇴물이 되어가고 있다.

그림의 떡

공양간 물은 자연에서 채취한 아홉 가지 곡물로 끓여 구수하다. 물은 꼭 마신다. 욕심을 내서 방으로 가져와 음미하며 마신다. 물맛이 좋다고 칭찬하니, 공양주 보살님이 건강차, 영양제라며 더 끓여놨으니 갖다 마시라고 권한다. 물이 떨어졌다고 다시 가기도, 공양간에 자주 드나드는 것도 걸려서 알겠다고 대답만 했다. 일부러 끓여놓은 수고를 생각하면 미안하다.

방문 밖은 냉장고 같아서 밤새 과일을 놓아두면 아이스크림이 된다. 방에 들여놓고 20분 정도 지나 냉기가 빠지면 먹는다. 언 채로 바로 먹으면 뱃속이 탈이 난다. 차거나 뜨겁거나, 살짝 이상한 기운만 비쳐도 뱃속이 난리 난다. 떼쓰는 어린애 같아서, 내 몸을 내가 어쩌지 못한다.

모두 모인 조찬 시간에 혼자 물로 뱃속을 달래자니 속

상해서 헛웃음이 난다. 소박한 밥상이든, 상다리 휘어지는 밥상이든 다 함께 소통하는 자리에 빠지면 쓸쓸하다. 다들 어울려 식사하는데 나 홀로 물만 들이킬 때는 더 처량해진다. '영양제와 건강식품 덕에 안 죽고 버티나?' 싶다가도 '수십 년을 그리 막 써먹었는데 이만큼 버텨준 것도 용하지.' 그런 마음도 든다.

"고맙다, 몸아. 죽지 않고 살아줘서…."

말하자마자 눈물이 왈칵 쏟아진다.

실컷 울고 나자 기운은 빠졌지만 후련하다. 뭔가 막힌 데를 뚫어준 기분마저 든다. 자기 연민은 창피하지만 눈물이 못 먹는 설움을 날려준다.

공짜 와이파이를 찾아라!

목마른 자가 우물 판다고 와이파이를 찾아 경내를 다 돌았지만 헛수고였다. 그런데 웬 걸? 공양주 보살님이 봉당에 앉아 핸드폰을 보고 있다. 반색하며 옆으로 가 보물찾기하듯같이 와이파이를 찾는다. 도통 와이파이가 잡히지 않는다.

"보살님은 급한 일 있으세요?"

"아니요, 그냥…."

그러면서 한마디 덧붙인다.

"전에 계시던 스님은 쓰시다 가셨는데, 지금 스님은 도통 관심이 없어서…. 안 되네예."

공양주 보살님도 답답한가 보다. 스님들은 불편한 기색이 없으시니, 역시 스님은 스님인가 보다.

평소에는 불편을 모르다가 문명의 혜택을 못 받으니 금세 금단 증세가 온다. 꿩 대신 닭이다. 참기 힘들 땐 텔레비전을 켠다.

나야 2주만 더 있다 가면 되지만 공양주 보살님은 답답하지 않을까? 속세에서 산 사람이 갑자기 수행자처럼, 스님처럼 살 수는 없는 노릇. 모자란 데이터는 딸이 보내준다니 그나마 다행이다. 산중에서 별다른 소일거리가 없고, 수다 떨 친구도 없는데, 폰마저 마음대로 못 쓰면 스트레스는 뭘로 푸나? 그래서 밤에 트로트 방송 보며 노래하는구나!

화무십일홍

삼선암 근처에는 암자가 여럿 있다. 그중에서도 조금만 걸으면 도착할 수 있는 곳이 원당암이다.

원당암에 서면 해인사 전경과 에둘러 선 가야산의 웅장한 산세가 한눈에 내려다 보인다. 이곳의 방장•이던 혜암 스님은 영정 사진으로만 봤지만 자그마한 체구에서 평생 수행만 하다 가신 기개가 느껴진다. 2, 3일에 한 번은 혜암 스님 영정에 인사를 드린 후 참선을 한다. 아무도 방해하는 사람 없는 침묵과 고요 속에 마음이 평온해진다.

전각 옆에는 생전에 스님이 하신 말씀을 새긴 커다란 조각이 세워져 있다.

"공부하다 죽어라!"

일반 신도들에게 선방을 내주면서 하신 말씀. 처음 왔을 때 이 글귀를 보고 가슴이 뭉클했었다.

코로나19로 산문이 닫히니 신도들로 북적이던 원당암에 개미 한 마리 없다. 마음이 무거워져서 선방 쪽으로 발걸음을 옮긴다. 선방 문고리도 굳게 닫혀 있다. 코로나19 전까지만 해도 전국에서 모여든 백 명이 넘는 신도들이 한 방에서 참선했다. 3개월 안거(安居)[••] 토박이도, 3박 4일, 1주일 짧게 오가는 뜨내기도 마주 앉던 큰 방. 백 명 넘게 복작이며 부대낄 때는 보이지 않는 신경전에, 단체 생활의 피로감에 예민해지기도 했다. 달라진 일상, 규율, 각종 알음알이로 배려와 양보가 없으면 어려운 게 단체생활이다. 그래선지 걷다 어깨를 부딪히면 서로 미안해하고 발을 밟히면 합장하며 먼저 사과했다. 선방 문고리만 잡아도 복이라며 참선 수행에 매진하던 노보살들, 간혹 사사건건 간섭에 힘들기도 했지만 꽉 잠긴 선방 문고리에 쓸쓸해진다. 그 많던 사람들은 어디로 갔을까!

• 큰 절의 최고 어른 스님.

•• 일 년에 두 차례, 여름과 겨울에 각 3개월씩 스님들이 외출 없이 절에서 수행하는 것을 말한다. 한 달 또는 일주일 단위로 일반 신도들도 참여할 수 있도록 하는 사찰도 있다.

고3 엄마

대한민국의 고3 당사자는 학생이 아니라 부모인 것 같다. 고3 엄마만 되면 사람이 바뀐다. 자식을 닦달하고 서울대가 아니면, 의대가 아니면, 1등 못하면 세상 망할 것처럼 군다. 욕심만큼은 1등급일 테지만 학창시절을 떠올리면 자식한테 그럴 수는 없을 거다. 묻고 싶다.

"너는 그렇게 공부했니?"

이 뿐이 아니다. 온 집안이 합세해서 엄마를 돕는 분위기다. 명절에도, 중요한 가족 행사에도 고3은 다 빠진다. 가족 일원으로 사람 노릇 안 해도 당당하다.

"어머니, 얘가 고3이라 이번 명절에도 못 가요."

그 말 하나면 끝이다.

말에 유머를 잃지 않던 막냇동생도 고3 엄마가 되니 대학이 신분제인 것처럼 목숨을 건다.

이 분위기, 이 대열에서 벗어나거나 밀리면 끝장이라는 어쩔 수 없는 조바심. 나는, 내 자식은 절대로 벗어나지 않을 것이라는 믿음은 사회생활에도, 인간관계에도 이어진다. 동화 『꽃들에게 희망을』 속의 애벌레 기둥이 현실에서 계속되는 셈. 다들 무언가를 향해 달리고, 또 달린다. 떨어져 죽을 때까지, 다른 사람은 신경 쓸 겨를도 없이, 왜 그러고 사는지도 모른 채.

나도 그랬다. 새벽에 출근해서 새벽이 다 돼서 퇴근, 집에서는 옷만 갈아입고 나왔다. 6개월 이상 밤샘 작업을 계속한 적도 있다. 하루에 30쪽 분량의 인터뷰 자료를 3년간 매일 한두 개 이상 썼다. 출퇴근길 버스 안에서 문구를 고치고 자료를 검토하다 쓰러진 적도 있다. 채찍질 당하는 말처럼, 협박당하는 사람처럼 살았다. 못한다는 소리 듣지 않으려고, 밀리지 않으려고 앞만 보고 달린 거다.

그러니 인생이 무거워졌다. 무게를 눌려 쓰러지고 말았다. 지난 5, 6년 동안 일기 한 줄 쓰기가 힘들어서 못 썼다고 고백하니 막냇동생은 그 정도인 줄은 몰랐다며 놀란다.

누가 이해할까? 나조차 나를 알아주지 않고 몰아치기만 하니 병이 난 거다. 이제라도 그만 하자.

"괜찮아, 겁내지 마. 얘들아, 용기를 내서 애벌레 기둥에서 뛰어내리자."

별자리 명당

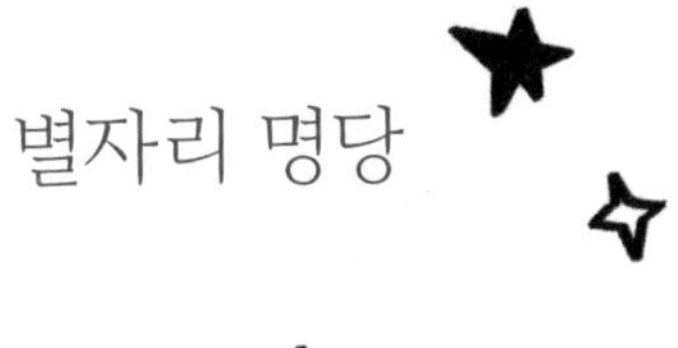

칠흑 속에서 몇 시일까 가늠하다가 불을 켠다. 새벽 4시, 도량석 돌 시간이다.

별 보러 나간다. 자갈 깔린 마당에 서서 하늘을 올려다본다. 별이 총총총…. 별빛이 유난한 날은 360도를 돌면서 본다. 가능한 매일 별 보며 하루를 시작하고 싶다. 별 볼 일 있는 하루!

느긋하게 감상할 여유는 없다. 몸에 한기가 침투하기 전에 방으로 귀환해야 하니까. 후다닥 이불 속으로 직진, 이런 게 행복이지!

해인사에는 나만의 별 보기 최애('최고 애정하는'의 줄임말) 자리가 있다. 원당암 선방 처마 밑 모서리다. 우주의 별을 그물망에 몰아놓은 것 같다. 별이 떼지어 반짝이면 눈이 부시게 아름다워 감탄사마저 잊는다. 선방에서 내려오는 비탈길

도 명당자리다. 여긴 반대로 별들이 파노라마로 펼쳐진다. 난생처음 새벽 별을 본 것도 이 비탈길에서였다. 도반•들과 나란히 앉아 새벽예불을 기다리는데 밝은 별 하나가 명징하게 빛났다. 이 시각에 부처님이 깨달았단다.

'사람은 과거에 죽은 별들의 유물'이라는 시 구절이 있다. 피에 든 철, 뼛속의 칼슘, 허파를 채우는 산소는 별들이 소멸할 때 공간 속으로 흩어진 것이라고. 별들이 반짝이는 건 다시 만난 기쁨의 신호탄일까? 윤회하는 별처럼 유랑하는 게 인생이라면 죽고 못 사는 사이라도 작별 인사쯤 못해도 그만일 거다. 언젠가 길에서 다시 만날 테니까.

• 나이나 성별 관계없이, 함께 불교를 공부하는 친구.

소화불량의 근원

암자에 와서 밥 먹는 시간이 즐거워졌다. 조미료 일체 없는 담백하면서 깊은 맛 나는 채식 위주의 식단 덕분이다. 특히 아침마다 곡물로 끓인 물과 과일을 천천히 먹으니 설사는 줄고 뱃속이 덜 부대낀다.

나는 원래 식탐이 심했다. 배가 차도 허리를 풀고 먹고, 자다가 깨서 배고프면 라면이라도 끓여 먹고 잤다. 소화가 잘되는 체질인 줄 알았다. 아무 때나 잘 먹고, 돌아서면 배가 고팠으니까.

폭식과 부정기적인 식습관에 밤샘 일도 잦아지고 고민도 늘면서 잠을 못 잤다. 3년간 하루 한 시간도 못 자고 불면증에 시달리기도 했다. 툭하면 설사에 탈이 났고 자주 코피를 흘렸지만 주위에서 일 중독이라고 경고도 했지만 무시했다. 가장 겸손하게 대해야 할 내 몸을 건방지게 굴고 학대한

게 바로 나 자신이었다.

궁여지책으로 세운 대안은 '양 대신 질'이다. 양을 줄이려고 일일일식(一日一食)도 해보고, 하루 마실 양의 물을 정해 구토 날 정도로 마셔보기도 했다. 몸에 좋은 식재료, 채소 위주 식단, 적정한 운동…. 하지만 성실한 실천은 멀고, 먹는 재미만 잃었다.

2부
담장 너머는
남의 일

템플스테이의 맛

명문 대학, 명문 가문만 있는 게 아니다. 사찰에도 큰스님이 계신 도량, 불교의 전성기를 이끈 전통 있는 명문 사찰들이 있다. '해동제일도량'으로 불리는 해인사는 우리나라 선풍을 주도한 일타 스님, 성철 스님, 혜암 스님 등 큰스님을 대거 배출한 최고의 사찰로, 스님들에겐 프라이드가 느껴진다. 해인사 주변엔 백련암, 원당암, 보현암, 길상암 등 큰스님들이 공부하던 암자가 두루 포진해 있어서 스님, 수행자 외에도 입시생, 요양차 머무는 신도들을 마주칠 수 있다.

산사에서 머물다 보면 쓸쓸하고 재미없을 것 같지만, 평소와는 다른 나를 발견하게 된다. 산티아고 순례자가 된 기분이랄까? 유명 관광지나 호텔에서 맛볼 수 없는 힐링이 있다. 귀찮게 하는 사람 없고, 기도나 묵언할 수 있고, 자연의 에너지를 받고, 호텔보다 싸고, 세상 일에 간격을 두고 여유를 부려도 될 만큼 적당하다. 공기 좋고 한적해서 조용히 쉬고 싶은 사람에겐 최적이다. 경이로운 예술품과 세련되고 호화로운 휴양 시설, 사람 구경하는 재미나 인스타그램에 올릴 인공 포토존, 친절한 룸서비스는 빼고.

운동하세요!

우울증을 고치려면 세 가지가 필요하단다. 환경을 바꾸든지, 약을 먹든지, 내가 바뀌던지…. 현실적으로 직장 바꾸기는 어렵지, 만성소화불량으로 시달리는데 약 먹는 것도 쉽지 않다. 그럼 내가 바뀌는 수밖에 없다. '그래, 해보자. 내가 바뀌어보자.' 암자까지 왔는데 내가 나를 세뇌한다. 일단은 몸부터 일으킨다.

출근길 지각할까 봐 뛰긴 해도 운동은 못했는데, 암자에 오니 새소리, 바람소리에 걷고 싶어진다. 하지만 걸어도 걸어도 여전히 배에 찬 가스는 그대로고 몸은 무겁다. 제대로 못 먹어서 빼빼한데 배만 불룩 튀어나왔다. 겉만 보고 살을 찌우라고 권고하는 이도 있지만 우습게도 건강검진을 해보면 복부비만이라고 했다. 영양 결핍, 운동 부족의 결과, 몇 년 사이 체지방이 두 배로 늘었다. 지난 10년간 매번 "운동

하세요!” 소리를 들은 것 같다. 도무지 움직이기 싫고 널브러진 채 일어나기 귀찮았다. 나태해지고 무기력해졌다. ‘운동해야 해. 생존이 걸린 문제라고!’ 속으로만 외쳤다.

하지만 추락에는 끝이 있다. 바닥에 닿으면 더 내려갈 곳이 없어서 일어나게 된다. 망가진 몸이 다시 건강하자고 부추기니 아이러니다.

얌체

초재(初齋)•를 마친 사람들이 공양하러 와서 후원 입구가 신발로 가득 찼다. 하나둘 각자 밥과 찬을 떠서 공양을 시작한다. 사찰 식 뷔페가 좋은 점은 손님이 많아도 각자 밥과 찬을 떠서 식사하고, 끝나면 쓴 식기는 자기가 씻어 놓는 거다. 제사나 큰 행사를 치를 때 합리적이다. 며칠씩 사찰에 머무는 수행 프로그램 참가자들은 자기들끼리 조를 짜서 돌아가며 설거지를 하기도 한다. 안 그러면 설거지가 고스란히 스님이나 공양주 보살님의 몫으로 남아 공양간을 벗어나질 못할 거다. 그런 사정을 알면 밥만 먹고 슬쩍 가는 건 얌체나 하는 짓이다. 식기 세척기, 건조기가 있건 없건 각자 그릇 한 개 씻는 게 누구 하나가 설거지를 전담하는 수고보다는 여러모로 나은 거다.

• 사람이 죽으면 7일마다 일곱 번 재(齋)를 올리면서 명복을 비는 불교 의식을 사십구재라고 한다. 초재는 사십구재 가운데 제일 처음 올리는 재다.

먹을 복은 타고난다

나는 과일 광이다. 밥 대신 과일을 먹은 적도 많다. 어릴 때는 한 번에 사과 일고여덟 개를 먹기도 했다. 아픈 뒤로는 사과 한 조각도 탈 날까 봐 신경 썼는데, 여기 와서는 매일 한두 개씩 먹는다. 운좋게도 보시로 들어온 과일이 공양간 냉장고에 있다. 언제든지 가져다 먹으라고 공양주 보살님도, 주지 스님도 친절하게 허락하셨다. 하루 두 끼만 먹기로 해 놓고 아침마다 과일로 배를 채운다. 과일은 주식이 아니라고 여겨 주시길!

식사 시간은 또 어떤가? 김치만 있어도 밥 한 그릇 뚝딱할 정도로 맛이 좋다. 사찰음식은 죄다 풀떼기라고 꺼리는 사람도 있지만 내겐 건강식이자 입맛에도 딱이다. 자연에서 채취한 채소와 산나물로 만든 유기농 자연식에 조미료 없이 천연 재료를 써서 뱃속이 편하고 소화가 잘 된다. 긴장할 일도 없는 편안한 상태에서 매끼 여유롭게 식사하니 세상 부러울 게 없다. 게다가 일대에서 최고라고 소문 난 주지 스님표 요리를 매일 먹으니 먹을 복 하나는 타고났다. 강정 만드는 날이 달력에 표시돼 있다. 수제 강정이라, 기대만발!

내키는 대로 걷자

집안 내력인지 게으른 성품 탓인지 운동이라면 질색이다. 거짓말 조금 보태서 죽기보다 싫어했다. 하지만 몸이 상하니 운동은 곧 생존이다. 주로 점심 공양 후 주변 암자를 걷는데, 일주일에 하루 이틀은 만 보 이상, 두 시간 넘게 걷는다. 등산로, 계곡, 숲, 근처 산동네 등 닥치는 대로 걷는다. 걷다가 힘들면 아무 데나 앉아 쉰다. 입 벌리고 큰 숨으로 가야산 공기를 마시고 멈춰 서서 하늘을 올려다보거나 계곡 따라 배회하며 물소리를 감상한다.

다니는 길이 뻔하니 동네를 시계추처럼 산책했다는 칸트가 된 기분도 든다. 가야면으로 이어진 숲길이나 길상암으로 내려가는 길은 완만해서 부담이 없다. 오르막이 많은 원당암이나 보현암 쪽은 빡세게 운동하고 싶을 때 적격이다. 원당암 양지바른 언덕은 해인사 전경을 내려다보며 일광욕

하기 좋다. 들뜨고 부산한 마음이 고요해진다.

30분만 걸어도 발걸음이 느려지고 숨이 찼는데 나날이 몸이 가벼워진다. 같은 공간이라도 날씨나 분위기에 따라 새롭다. 어느 날은 참새가 떼로 날고, 딱따구리 소리가 유독 경쾌하게 들린다. 바위틈에 숨어 있던 이끼를, 겨우살이를 발견하기도 한다. 미처 보이지 않던 게 보이면 보물찾기라도 한 것처럼 신기하고 마음이 밝아진다. 경이롭다.

거짓말

생각해보니 삼선암에 온 뒤에 엄마한테 전화를 안 했다. 매일 하루에 한 번씩은 안부 전화를 했었는데, 사실은 가슴이 좁쌀이라 여기 있는 걸 들킬까 봐 전화를 못한 것이다. "어디냐? 뭐하냐?" 구체적으로 물어보면 곤란하다.

전화를 거니 엄마가 반긴다. 안 그래도 궁금했는데, 바쁜데 방해될까 봐 참고 있었단다. 강단 있던 엄마가 부쩍 약해진다. 코로나19 탓에 노인들은 더 우울해졌다. 우기는 것도 외로워서라고 하더라. 내가 자주 전화해야지, 마음을 바꾼다.

결국 올 것이 왔다.

"너 지금 어디냐?"

번쩍 정신이 든다. 또 바쁜 척을 한다.

"어디긴, 회사지."

“밥은 먹었냐?”

“당연히 밥은 먹었지, 지금이 몇신데….”

“너무 일 잘하려 말고, 얼른 집에 가서 쉬어.”

“….”

고양이 샤워

나는 게으르다. 퇴근 후 피곤하면 안 씻고 잔다. 자다가 새벽 한두 시에 깨면 씻고 다시 자고, 못 깨면 그냥 쭉 잔다. 3년 넘게 불면증에 시달린 후유증인지 잠이 우선이다.

여기 삼선암은 방에 딸린 샤워실이 없다. 귀찮은데 잘 되었다. 씻기를 미루다가 목욕은 5일에 한 번, 머리는 3일에 한 번 감는다. 더럽지도, 냄새가 나지도 않아 버텨본다. 서장훈처럼 깔끔한 사람들이 들으면 기절초풍하겠지만 내겐 맑은 산중 공기가 자연 샤워기다.

변명 같지만 밤에는 물소리가 요란해서 옆방에 방해될까 봐 늦으면 안 씻는다. 비누와 세제, 물을 아끼니 소소하게 지구 건강에도 일조한다고 내 맘대로 우겨본다.

얼굴에 잡티 하나 생겨도 피부과에 가던 때가 있었다. 지금은 비타민D 결핍이라 '기미 까짓것' 심정으로 얼굴을 드러내고 다닌다. 보다 못한 동생이 피부과 좀 가지 그러냐 해도 그러러니 넘긴다. 바다 위에서 사는 바자우족은 피부과는커녕 선크림도 안 바르지만 피부미인이 많던데 기미쯤이야. 남에게 피해 주는 것도 아닌데 뭐 어쩌라고!

화장실 변기 앞에 세숫대야 겨우 놓고 수돗물이 온수로 바뀔 때까지 기다려 쭈그리고 앉아 씻는다. 냉바람 숭숭 몰아치는데 바가지로 물 끼얹어가며 매일 샤워하고 싶을까?

새벽 예불

산중의 새벽은 진저리 날 만큼 춥다. 문틈으로 칼바람이 좀비 떼처럼 몰려들고 웃풍에 코끝이 시리다. 겨우내 불을 지피지 않은 법당은 냉골이다. 양말을 두껍게 신고 장갑 끼고 패딩을 입어도 손발이 얼고 입에서 김이 모락모락 난다.

예불은 새벽, 사시(오전 9시~11시), 저녁 이렇게 세 번 있다. 나는 예불문부터 『금강경』 독송까지 약 한 시간 걸리는 새벽 예불을 하기로 한다. 매번 법당에 올라올 필요는 없다는 법당 스님의 조언에 힘입어 눈 뜨면 법당을 향해 절하고 앉는다.

사실 예불은 게으름, 잔꾀와의 사투다. 새벽 4시에 일어나기 쉽지 않고, 볕 좋은 낮엔 일광욕하고 새소리 들으며 산보하고 싶다. 저녁에는 일단 방에 들어오면 나가기 싫다. 산중에는 별다른 유흥거리가 없고, 해도 빨리 지니 뜨뜻한 아랫목이 최고다. 자도 앉아서 자고, 졸아도 앉아서 존다. 자주 잠의 유혹에 굴복하지만 마음이 맑아지고 차분해진다. 일주일이 지나니 새벽의 고요 속에 앉아 있는 시간이 좋아졌다.

숲세권

서울에 살면서 경쟁심을 잊고 산 적은 있을까? 어느 순간부터 더 좋은 아파트, 나은 직장, 남편 잘 둔 덕분에 팔자 좋은 친구들, 모든 게 비교 대상이자 주눅 들게 하는 것, 불만투성이였다. 여기는 비교 대상이 없다. 그저 적막하다. 문 열면 산, 나무, 숲이 눈앞에 있다. 공기 좋은 숲에만 산다는 딱따구리가 나무를 쪼는 소리에 화들짝 놀랄 정도다. 그야말로 숲세권, 전망 좋은 집이다.

인간관계는 나를 살아가게 하는 이유지만 반대로 나를 죽이기도 하는 것이었다. 태어난 신분이 계급이던 때가 있었다면 나는 계급이 신분인 곳에서 살고 있다. 직급에 따라 이해관계가 달라지고 나는 하루하루 지쳐갔다.

수시로 울려대던 카톡 알림음, 전화벨 소리가 멈췄다. 침묵이 힘든 세상에 길들여져서 폰이 잠잠해지자 금세 금단

증상이 올라온다. 불안해서 가만히 앉아 있지 못한다. 문밖으로 나가고픈 충동에 시달린다. 그래도 참았다. 힘들면 스트레칭도 하고, 방 안을 빙빙 돌았다. 세상 소식에 귀 기울이지 말고, 이 평화에 익숙해지자. 밥때가 한 시간 남았다.

내 몸과 대화하는 법

단순하게, 정갈하게, 가진 것에 감사하며 사는 법을 최단기간에 익히는 방법으로 발우공양만 한 게 없을 거다. 소박한 밥상이지만 엄격한 식사법이라서 새벽 기상, 철야 정진과 함께 트레이닝의 최고봉일 듯.

누가 뭐랄 것도, 지적당하는 것도 아닌데 교도소 교관이나 기숙사 사감에게 감시당하며 먹는 기분이다. 열 명이든, 백 명이든 다 같이 먹는 속도를 맞춰야 하고, 빈 그릇에 음식 찌꺼기 한 개라도 남기면 낭패다. 단체생활에선 어디서 구멍이 샐지 모르니 나부터 조심한다. 먹고 난 그릇을 김치 조각으로 씻어 마시고, 남은 물을 모아서 고춧가루 하나라도 보이면 다 같이 나눠 먹어야 하니까.

주지 스님은 빈 접시에 물을 부어 남은 음식 찌꺼기마저 말끔하게 마신다. 나도 주지 스님을 따라하니 약식 발우공양을 하는 거다. 내가 쓴 그릇이지만 마실 물로 그릇을 헹구고, 그 물을 마시는 게 어쩐지 더럽다고 느낀 적도 있다. 하지만 평소 발우공양을 떠올리면 밥 한 톨도 소중하게 여기고, 잔반을 남기지 않게 된다. 많은 사람들이 그런 자세로 밥을 먹으면 지구촌 음식쓰레기가 줄지 않을까!

무엇보다 발우공양은 먹는 행위 그 자체에 집중해서인지 평소와 다르게 나 자신과 대화하는 것 같다. 나를 만나는 또 다른 방식. 음식을 씹고 몸이 움직이는 순간을 감지하다 보면 자비심까지는 모르겠지만 스스로에게 너그러워지고 감사한 마음이 우러난다.

우리들의 행복한 수다

점심 식사는 매끼 셰프의 식단이다. 적당히 먹자 다짐해도 공양간에 들어서자마자 결심은 무너진다. 김장 김치, 동치미, 깻잎장아찌만으로 충분한데 두부와 버섯을 넣은 김치 찜이나 김치 전골이 나오면 일단 먹고 본다. 공양주 보살님이 먹을 게 없다고 엄살을 부릴 땐 진짜로 반찬 투정을 해볼까 싶을 정도다.

여기서는 바깥 세상을 시내나 마을이라고 부른다.

"마을에서는 돼지고기를 넣지, 동태를 넣어도 좋고."

법당 스님 말에 공양주 보살님이 보탠다.

"여기는 생선도 일절 안 먹어요. 스님이 질색해."

남의 떡이 커 보인다고 건강식, 채식도 한두 번이지 맨날 먹으면 지겨워서 그 나물에 그 밥이라는 말로 들린다. 환대도, 고마움도 계속되면 무뎌진다. 나야 좋아하는 채식에

다 건강 관리는 보너스니, 조미료 일절 쓰지 않는 주지 스님의 고집에 감사할 뿐.

배부르고 기분 나른하니 소화는 수다로 푼다. 주지 스님의 드립 커피까지 보태지면 후원 앞 전나무숲에서 딱따구리가 마른 나무를 쪼는 소리는 오에스티(OST). 시간을 잊고 수다꽃을 피운다. 먹고 나서 또 먹는 이야기다. 뭐니 해도 먹는 이야기가 최고다. 아니면 뭔 이야기를 하겠나? 욕심 버리고 출가한 사람 앞에서 돈 이야기를 할까, 남자 이야기를 할까?

길상암

길상암은 홍류동 계곡 낙화담을 지나서 가파른 산허리에 베란다처럼 걸쳐 있다. 입구는 일주문부터 종무소• 위로 쌓은 나무 계단이 유일한데 그냥 보기에도 깔딱고개 수준이다. '도전!' 외치고 나서야 한 발씩 오른다. 땀이 줄줄 흐른다. 중간중간 멈춰 서서 숨을 고르고야 대웅전••에 도착, 전면의 인공 마당에 서서 주변을 둘러본다. 구름과 산세가 딴세상이다. 바람에 흔들리는 전나무숲, 비에 젖은 흙냄새, 몸에 닿는 맑은 공기에 아가미처럼 허파가 열린다.

대웅전 뒤로 적멸보궁 올라가는 돌계단이 나 있지만 한참을 올려다봐도 적멸보궁은 안 보인다. 미지의 동굴처럼 감히 올라갈 엄두가 안 난다. 하산길에 일주문 위 '천상천하유아독존(天上天下唯我獨尊)' 조각상이 눈에 들어온다. 아기 부처님 손가락 끝에 펼쳐진 전나무숲이 풍경화다.

소리길로 되돌아오는 길에 건방진 사람은 그냥 지나치지 못하는 하심(下心)••• 구간이 있다. 계곡 쪽으로 툭 뻗은 나뭇가지에 '하심'이라는 글귀가 붙어 있는데 꼭 보게 된다. 보지 않으면 이마든 가슴팍이든 가격당해 눈물을 보게 될 테니. 사람들이 다닌다고 베지 않고, 사람들도 고개만 조금 숙이면 이마 부딪힐 리 없으니 서로 겸손하되 자존심을 지킨다. 사람과 자연이 상생하는 것만큼 사람끼리 자존심 지키고 살면 얼마나 좋을까?

날이 풀리려는지 계곡 물소리가 시원하다. 점차 커지는 물소리는 낙화담에서 절정이다. 흐르는 물 기운에 녹은 얼음이 하트 모양을 만들었다. 날마다 조금씩 모양이 변하지만 찌그러져도 납작해도 하트는 하트다. 그 모습이 우직해서 마음이 쏠린다. 사랑하고 싶은 걸까?

선방 스님이 낙화담 사진을 보내 달라고 했는데, 사진이 별로여서 다시 몇 장 찍었다. 포토존에서는 운동 나온 모녀가 다정하게 사진을 찍는다.

- 절의 이런저런 일을 처리하는 사무실을 종무소, 절에서 일하는 직원들은 종무원이라고 부른다.

•• 사찰에 있는 전각들은 어떤 부처님이나 보살님을 모시고 있는지에 따라서 이름이 다르다. 대웅전은 석가모니 부처님을 모신 곳으로, 사찰 중심에 있는 전각이다. 가끔 대웅전 대신 '대적광전'이 중심 전각인 사찰도 있는데, 여기에는 비로자나 부처님을 모신다. 절에 들른 신도들은 중심 전각에 삼배로 방문 인사를 한 후에 볼일을 본다.

••• 나를 낮추고 남을 높이는 마음.

전용 피시방

이웃에 있는 약수암까지는 진입로가 넓고 경사가 완만해서 쉽게 다녀올 수 있는 코스다. 게다가 와이파이가 터진다. 담벼락 근처에서 안테나가 뜨길래 가보니 수험생을 위한 장기 템플스테이로 한 달 숙박료와 무료 와이파이 홍보 전단이 문에 붙어 있다. 그동안 받은 톡도 확인하고, 뉴스도 검색한다. 와이파이를 찾아 헤맨 하이에나의 부끄러움은 잠시고 디지털 불안증이 사라지니 마음에 평화가 온다.

와이파이가 터지는 다른 장소는 성보박물관 카페 입구에 있는 흔들의자다. 걷다가 지친 다리를 쉬며 일광욕하던 중에 마침 광고 톡이 터지길래 두 번째 비밀 아지트로 삼았다. 데이터 걱정 없이 동영상을 볼 수 있다. 남 흉볼 게 없다. 천변이나 산책로에 운동 나와서 운동은 안 하고 폰만 들여다보는 사람들을 한심하게 봤는데 내가 그러고 있다. 여하간 공짜 와이파이를 편하게 쓰기 딱이지만 사람들이 자주 오간다는 게 흠이다. 불편하게 살러 왔으니 더 따지지 않기로 한다.

특식 라면

'라면' 하면 수프 맛인데, 수프 때문에 절에서는 라면을 멀리 한다. 라면 먹고 참선하면 수프 특유의 조미료 냄새가 스멀스멀 얼굴까지 올라온다. 다닥다닥 마주 앉아 묵언하는 사람들 사이에서 트림이라도 나오면 민폐다.

그런데 하지 말라면 더 하고 싶고, 특수한 상황일수록 라면 한 젓가락은 위안이 된다. 주지 스님이 출타 중인 틈을 타 공양주 보살님이 저녁으로 라면을 먹자고 한다. 저녁은 과일로 때운다고 말했는데 잊으셨나? 법당 스님도 합류한다고 해서 내심 반가웠다. 그런데 이런, 유통기한이 지났다. 주지 스님이 라면 먹는 걸 워낙 싫어해서 라면이 유통기한이 지났단다. 그게 뭐 어때서?

다 먹어갈 즈음 주지 스님이 돌아왔다. "저녁 안 드셨어예?" 당황한 공양주 보살님이 먹던 그릇을 들고 일어나며 묻는다. "우체국에 다녀오느라(못 먹었지)." 대답하다가 라면 밥상에 언짢은 기색이다. 공양주 보살님이 안절부절 "유통기간이 지났어예." 하고 얼른 개수대로 가서 아까운 라면을 버린다. 나도 죄짓다 들킨 공범처럼 덩달아 움츠러드는데, 법당 스님은 그대로 앉아 "오랜만에 라면 맛있네." 그러신다. 그 순간 모두 정지. 정적! 와! 분위기 일촉즉발, 순간이 멈춘다는 게 바로 이런 상황일 게다. 어디서 나온 용기인지 나도 법당 스님과 함께 라면을 먹고 있다. 깔끔한 공양주 보살님은 개수대에 버린 라면이 아까운지 치우질 못한다.

동거한다는 것, 가족이란 건 이 꼴 저 꼴, 볼 것 못 볼 것 다 보는 사이인 것이다.

위로

남은 나를 모르고 나도 타인을 전부 이해할 수 없다는 걸 자연스럽게 여겨야 독불장군을 면할 수 있다. 내 주위에 부처님과 결혼했다고 말하는 사람이 있다. '나는 부처님한테만 잘 보인다'고 그런다. 그렇지만 평생 일만 알던 사람도 정년퇴직할 나이가 되면 자기 자신을 돌볼 때가 된 거다. 평생 부처님에게 쏟은 정성만큼은 아닐지라도 자기 자신에게 잘할 때가 됐지, 뭘. 이제 자기 자신에게도 잘 보이시길!

자비로운 사람은 자기 생각을 내세우지도, 다른 사람을 무시하지도 않을 거다. 적당히 자기 본성이나 스스로를 위로할 줄 알아야 다른 사람에게 아량을 베풀 수 있다. "위로 따윈 필요 없어." 할 만큼 객기 넘치는 사람이 몇이나 될까?

가족도 타인처럼 낯설 때가 있다. 어제오늘 도무지 기운이 없고 머리도 멍멍해서 아무것도 못하고 쉰다. 저녁 일곱 시밖에 안 됐는데 눕게 된다. 언니랑 통화하고 나니 숨이 막혀서일까? 암자에 머문다는 이야기를 꺼냈더니 언니는 "니가 무슨 비구니도 아니고 왜 거기 있니? 시간 있으면 외로운 엄마랑 하루라도 같이 있지, 아무리 엄마가 불통이어도 자식이 부모를 이해해야지 어쩌겠어!" 하며 나를 꾸짖었다.

좀 지나서 막냇동생이 전화했다. 거기 어떠냐고, 잘 있다 오라고, 서울 오면 보자고 한다. 섭섭했던 마음이 풀린다. 상대방 처지에서 기운 북돋워 주는 말을 하는 게 그렇게 어려울까? 그렇다면 나는 어떤가 곰곰 생각해본다. 그래, 나도 남 판단할 그릇은 못 되지. 노력은 마음뿐이고 실수를 자주 한다. 이쯤 살면 노력할 것, 노력해도 못할 것을 구분할 정도는 됐다. 그거라도 하자고 마음먹는다.

마음 창고

점심 공양하러 가니 선방 스님이 커피 담은 작은 보온병을 건네준다. 낙화담 물 하트 사진을 보내 드린 보답이다.

홍류천 소리길 포토존 명소인 낙화담은 폭포 소리 우렁차고 샘이 깊다. 겨울엔 폭포가 거대한 얼음 기둥으로 변한다. 얼음 계곡 밑으로 물길이 나고 양지바른 곳에 생긴 샘물이 운 좋게 하트 모양이 되기도 한다. 이게 물 하트라고 알려주신 분은 선방 스님. 부처 눈에는 부처만 보이고 중생 눈에는 중생만 보인다고, 마음을 비우고 보아야만 발견할 수 있는 걸까? 나도 하트가 보이고 사랑이 우러나고 싶다!

보스 없는 저녁

저녁 공양 시간은 주지 스님이 빠지면 공양주 보살님과 둘뿐이라 자유롭다. 법당 스님이 낄 때도 있지만 온도 차가 확연하다. 사장님이 출장 간 사무실 분위기랄까! 밑자리 사람들의 생존 원리라는 게 눈치코치인데, 가끔 숨통을 틔워줘야 한다.

주지 스님은 공양주 보살 대신 밥상을 차리거나 다리 아픈 나를 위해 택시를 태워줄 정도로 배려심 많은 보스다. 기르는 고양이한테 쏟는 정성을 보면 사랑도 넘친다. 그러나 보스는 외로운 법. 주지 스님이 계시면 어떻게 밥상머리에서 법당 스님과 "보살님, 간이 안 좋으세요?" "네, 어찌 아셨어요?" 같은 생활 밀착형, 생산적인 대화를 하겠냐고.

법당 스님은 직접 간단하게 몸 풀어주고 손으로 혈 자리를 마사지하는 법 등을 알려준다. 눈 좋아지는 법은 귀가

솔깃해서 새겨들었다. 방에 돌아오자마자 스님께 배운 마사지 방법을 복기한다. 마당에서 고꾸라져 생긴 무릎 상처는 갈색으로 거의 나았고, 팔꿈치 주변은 조만간 딱지가 떨어질 모양인지 가렵다. 고마운 마음에 스님께 핫팩을 한 통 드렸다. 저녁 예불이 끝나고 법당을 나오는데 "방에 가져간 경들은 좀 읽느냐?", "『금강경』은 꼭 읽어봐라.", "몸 마사지도 꾸준히 해야 하지만 108배도 빠트리지 마라." 잔소리 아닌 잔소리다. 공짜가 없다니까.

공안

공부하는 수행자가 화두(話頭)• 점검하는 방식이 공안이다. 선지식(善知識)••이나 스승이 제자를 상대로 주고받는 대담 형식을 공안 인터뷰라고도 한다. 이때 수행자가 일방적인 존경심을 가지거나 반대로 선생을 호락호락하게 봤다간 낭패를 본다. 일방적이면 공안의 참뜻을 잊고 근거 없는 존경심만 쏟아내기 바쁘고, 만만히 보면 헛지식만 나열하다 끝난다. 하지만 불현듯 센 놈이 나타나면 스승 입장에서도 곤란하다. 스승의 자리가 무색하게 창피당할 수 있기 때문이다.

엎치락뒤치락 수많은 선지식과 무림 고수들의 전설적인 이야기는 셀 수 없다. 불교가 무어냐고 묻는데 다짜고짜 몽둥이질을 하거나 손가락을 들어 하늘을 가리키는 것도 벙찌는데, '방(棒)'이라거나 '할(喝)', '오직 모를 뿐', '뜰 앞에 잣나무니라' 같은, 밑도 끝도 없는 선문답들은 얼핏 보면 환장할 노릇이다. 핵심은 생각하지 말고 즉답하는 것. 생각한다고 갸웃하다가는 주장자•••로 얻어맞기 쉽다. 참된 스승과 제자라면 서로 알아본다는데, 그 경지는 나의 근기로는 헤아릴 수 없다.

수행 중에 인터뷰할 기회는 적고 대체로 혼자 끙끙대다 하산할 확률이 높다. 오죽하면 큰스님 계신 절은 철야 정진에 앉을 자리가 없다는 농담이 나온다. 참선 중간에 큰스님이 죽비●●●●를 치는데, 이때 죽비를 맞으려고 줄을 선단다. 매 맞으려고 일부러 줄을 서본 적이 있는가? 맞고도 감사하다고 고개 숙여 합장하는 곳, 선방에서만 볼 수 있는 풍경이다.

3일간 머무른 절에서 인터뷰할 기회를 얻고 큰스님을 뵙는 자리에서 질문하고 답을 들을 때도 있었다. 절과의 인연도, 근기도 짧은 내가 호사를 누린 건 잘 둔 도반들 덕이다.

● 참선하면서 답을 찾아야 하는 근원적인 물음. '이 뭣꼬?(부모미생전 본래면목)'나 '무(無)' 등이 있다. 다른 말로 공안이라고 한다.

●● 불교에서 덕망이 높은 스승이나 지도자를 부르는 말. '나를 알아주는 사람'이라는 뜻도 있다.

●●● 불교에서 '큰스님'의 상징인 나무 지팡이. 스님이 법문할 때 옆에 두고 바닥을 치거나 손을 들어 가리킬 때 쓴다. 스승과 제자 사이의 연결고리 역할도 한다.

●●●● 40~50센티미터 정도 되는 대나무의 3분의 2 정도 되는 지점까지 두 조각을 내어 만든 선방의 도구다. 선방에서 참선 수행의 시작과 끝을 알릴 때, 수행자가 졸거나 마음이 흐트러진 것 같을 때 죽비를 친다.

억울해요

휴식형 템플스테이 덕분에 편히 쉬고 건강을 챙긴다. 엄격하면 만만찮다. 경내에서 신발을 질질 끈다거나, 큰소리로 대화하거나, 취침 시간을 넘겨 불을 켜놓거나, 새벽 예불 전에 인사를 나누거나 하면 모두 지적받는다. 밥 먹는 중에는 대화는 물론, 쩝쩝 소리도 내면 안 됐다.

수련 기간에 문제를 일으키면 '묵언(默言)'이라고 쓴 명찰을 가슴에 차기도 한다. 신도끼리 싸우는 바람에 '묵언' 명찰을 달고 억울해하던 사람도 있었다. 한번은 '묵언' 명찰을 찬 사람이 이걸 잊고 대화에 끼자, 스님이 머리를 콩 쥐어 박은 적도 있다.

지금은 밤늦게 빨래하고 텔레비전을 켜놔도, 예불 시간에 빠져도 대놓고 뭐라 하지 않는다. '제발, 알아서 예절을 지켜주세요!' 이런 분위기다. 예의는 눈치껏 지키는 게 좋다.

어른이라면 몰라서 그랬다는 말은 할 말이 못 된다. 다른 사람은 다 아는데 혼자만 몰라서, "억울해요." 하면서 항의하면 한 대 때려주고 싶다.

모르고 짓는 죄가 알고 짓는 죄보다 크다는 게 부처님 말씀이다. 이 말을 아리송해하거나 반대로 알고 있는 사람들이 많다. 나도 뜻을 아는 데 10년 이상 걸렸다. 무심코 던진 돌멩이에 개구리는 맞아 죽는다고, 부지불식간 저지르는 죄나 실수로 인해 피해자가 받는 고통이 얼마나 큰지 생각하면 어렵지 않다. 모르면 깨우칠 일도 없고 양심조차 멀쩡하면 구제 불능이다.

미니멀리스트가 되다

생활이 단순해지니 뭔가 치우고 정돈할 마음이 생긴다. 방 안에 멀뚱히 앉아서 나태하지만 예리하게 주위를 둘러본다. 캐리어 한 개 분량이 전부인 살림도 시동이 걸리니 치울 게 천지다. 바닥에 떨어진 머리카락을 찾아 무릎 꿇고 방 안을 뒤지거나 이불을 뒤집고 구석구석 먼지도 털어낸다. 사람이 자기 자신을 가장 모른다더니, 머리카락 한 올도 허용하지 않는 깐깐함이 내게도 있었다.

아침마다 방문을 활짝 열어 환기하고 마당에 나가 이불을 털고, 그러다가 마주치는 스님, 공양주 보살님과 인사를 나눈다. 암자 생활은 일상생활과 비교했을 때 불편한 것 투성이지만 반대로 쓸모없는 물건을 많이 갖고 사는구나, 반성하게도 만든다. 미니멀리스트의 노하우란 물건을 다용도로 쓰는 것일 거다. 적은 살림 덕에 물건의 숨은 용도를 찾아내는 재미가 쏠쏠하다. 예를 들어 패딩은 방문 앞에 걸어 두고 웃풍 가리개로, 참선 중엔 무릎 덮개로, 낮에는 이불 대신 쓴다. 주어진 대로 적응하게 된다.

어쩌면 미니멀리스트가 본래 삶의 방식인데 물건을 쌓고 치우고를 반복하며 허송세월을 보내는 건 아닌가 싶다. 주변이 깨끗해지니 무거웠던 머리가 가벼워진다. 지혜는 치우고 비우는 데서 나오는 모양이다.

씻는 것도 실례

사찰에 오면 목욕은 낮에만 최소한으로 하게 된다. 밤에는 물소리, 드라이기 소리가 유독 커져서 자는 사람을 방해하기 쉽다. 가뜩이나 잠이 부족한 철야 참선이나 용맹정진• 중에 씻는다고 들락날락하는 건 원성 사는 지름길이다. 더러 이 문제로 투덜대거나 싸움이 불거지는 것을 본 적 있다.

찝찝한 건 냄새다. 안 씻어서가 아니라 씻고 난 후 바른 로션이나 오일 냄새 때문이다. 몸이 유독 건조해서 보디 로션, 핸드 크림을 바르지 않곤 못 버틴다. 그런데 절에 사는 사람들은 죄다 개 코라 살짝 바른 핸드 크림 냄새도 곧잘 맡는다. 향이 거의 없는 핸드 크림을 생존 수준으로 발랐는데도 법당 스님은 금세 눈치채고는 잘 때만 바르라고 한다. 채소를 다듬거나 밤을 깔 때도 음식 재료에 냄새가 베인다고 못 하게 하셨다. 3일간 수제 강정 만들 때다. 다들 일할 때 뺀질

거릴 강심장이 아니라서 일부러 핸드 크림 냄새를 퐁퐁 풍기고 싶었다. 오해하지는 마시라. 실천에 옮기지는 못했다.

• 사소한 일에는 신경 쓰지 않고 오직 수행에만 매진하는 것을 용맹정진이라고 부른다. 안거 기간 중 일주일 정도 용맹정진 기간이 있는데 이때는 밤새도록 참선에 매진한다.

진신사리가 뭐길래

길상암 대웅전에서 108배를 마치고 나와 적멸보궁으로 향한다. 적멸보궁은 부처님 진신사리[•]를 모신 곳을 말한다. 나한전[••] 뒤 돌계단 끝에 있다고 표지판이 가리킨다. 나한전 주변을 두리번거리던 대여섯 명의 등산객 중에 한 명이 나를 보더니 다짜고짜 진신사리는 어디 있냐고 묻는다. 여기까지 올라와서 절은 안 하고 진신사리부터 찾기는. 나도 초행이랍니다.

어느 절에 부처님 진신사리를 모셨다더라, 어디가 기도발이 좋다더라, 이런 데 빠삭한 사람들이 있다. 돌계단에 서서 산 위를 가르키며 "저 위에 있지 않을까요? 같이 가시렵니까?" 물으려다 얼큰한 술냄새를 풍기셔서 말은 안 했다. 진신사리를 보고야 말겠다는 심정이면 알아서 올라올 거다.

돌계단은 일주문의 나무계단보다 두 배는 길고, 경사도

가파르다. 서너 걸음 옮기고 숨을 몰아쉬고 오르고 쉬고를 반복하며 겨우 적멸보궁에 다다랐다. 워낙 가파르고 사람 발길이 끊긴 곳이라 멧돼지라도 출몰할까 무서워 주위를 휘둘러보았다. 새가 아닌 이상 깎아지른 산 벽을 뛰어다닐 배짱 두둑한 짐승은 없을 거다.

보궁 앞에 서서 옷매무새를 가다듬고 "부처님, 들어가도 됩니까? 허락해주세요." 묻고는 문을 연다. 안은 네다섯 사람 정도만 앉을 정도로 좁다. 삼배를 하고 서니 단에 앉은 불상과 눈이 마주친다. 기도하면 소원 하나 들어준다고 입구에 쓰여 있다. 소원을 말하고 나와 문을 닫으려는데 부처님 가슴에 내 모습이 액자처럼 겹친다. 부처님 가슴에 나를 새긴다. 내려오는 발길이 가볍다. 가야산 바람이 시원하다.

- • 석가모니 부처님이 돌아가신 후 화장하고 나온 사리. 사리는 수행을 오래, 그리고 잘해야만 나온다고 한다.
- •• 불교에서는 깨달음을 얻은 사람을 '아라한'이라고 부르는데, 나한전은 아라한(나한)들을 모신 전각이다. 우리나라에는 나한들이 복을 주고 소원을 들어준다는 믿음이 있어서 나한전에 들러 기도하는 사람들이 많다.

추억 소환

암자 식구가 다 모이는 점심 공양 땐 새 반찬이 꼭 나온다. 고구마 맛탕, 갓김치로 만든 김치찜, 무를 듬성듬성 썰어 만든 무찜 등…. 특히 무찜은 담백하면서도 달콤한 맛에 입안이 황홀해진다고 할까? 주지 스님도 두 번이나 덜어다 드실 만큼 무찜이 인기다. 자연 건강식, 유기농, 힐링에 관심이 높은 요즘, 스님이 식당 열면 잘 될 거라 아부 아닌 아부를 하니 공양주 보살님이 초친다.

"망합니더. 조미료 없는 음식 한 번이지 두 번은 안 먹어예. 조미료 맛에 길들어서 단 거 아님 못 먹어. 우리나 먹지예."

이야기는 풀죽 끓이는 데로 번져서, 어렸을 때 굶주리던 시절에 먹은 수제비, 칼국수, 갱시기(갱죽), 꿀꿀이죽 등 음식 이야기로 수다꽃이 핀다.

"갱시기가 뭔데요?"

"김칫국에 콩나물 넣고 밥 넣고 삶은 거, 양 늘리려고. 꿀꿀이죽이라고도 하제."

말로만 들은 초근목피 시절 이야기까지 간다. 먹을 게 없어 소나무 껍질로 떡을 했단다. 요즘은 비싸서 못 먹는다니, 세상에!

우리 집엔 40킬로그램짜리 밀가루 포대가 늘 있었다. 쌀을 아끼려고 저녁엔 수제비나 칼국수를 해 먹었다. 엄마 주위에 딸들이 둘러앉아 밀가루를 치대고 방망이로 밀어 칼로 써는, 그야말로 수제 칼국수. 식구가 많아 무쇠솥 한가득 삶았다. 일주일에 최소 두세 번은 먹었다. 그래서 칼국수, 수제비라면 질려서 한동안 안 먹었다.

못 살던 시절 먹는 이야기를 하다 보면 짠해진다. 인생은 소설 한 권이라더니 굽이굽이, 추억 소환으로 다들 아련해진다.

친구 할래?

내 옆방에는 고양이 세 마리가 산다. 첫날은 경계를 하더니 내가 살러 온 걸 아는지 다음날부터 빤히 쳐다본다. 유독 꼬리 짧은 고양이가 내 주위를 어슬렁댄다. 발소리나 인기척만 나도 어느새 옆에 와 있다. 주지 스님이 이름을 알려주셨다. 꼬리 짧은 애가 나비, 검은 줄무늬 고양이는 보리, 거의 안 보이는 애가 유일한 암놈인 시리다.

나비가 내 발목에 몸을 비빈다. 가끔 와서 얼쩡대는 보리마저 주변을 서성댄다. 고양이 둘이 다리에 몸을 비비니 바지에 여기저기 털이 붙었다. 고양이 털이 엄청 빠진다더니 실감 난다.

쓰레기를 버리러 나오자 서성대던 나비가 홀딱 내 방으로 들어가 버린다. 나오라고 해도 눈 까딱 안 하고 제 방처럼 한 바퀴 탐색하더니 벽장 텔레비전 아래 빈 곳으로 쏙 들어가 앉는다. 턱도 쓰다듬어 주고 살살 달래서 밖으로 나왔다. 내 발목을 감고 장난치다가 드러누우면 배를 긁어주며 논다. 검은 고양이 보리도 주변을 얼쩡거려서 쓰다듬어 준다. 말하기 싫은데, 입 열기도 피곤하고 힘 빠지는데, 묻지도 대꾸도 않고 다만 놀아주니 너들이 진정 내 맘을 아는 거니?

공부가 잘 되는 이유

수행이나 마음공부를 하다 보면 스님과의 문답 시간에 이런 질문이 빠지지 않고 나온다.

"절에 오면 공부가 잘 되는데 회사만 가면 도로아미타불입니다. 어떡해야 회사에서도 이 마음을 유지할 수 있을까요?"

여기에 바로 답하지 않고 빙그레 웃던 스님이 생각난다. 눈치 빠른 이는 미소에 답이 있는 걸 알아챘다. 혼자서도 잘하면 사찰이 왜 있고, 종교가 왜 필요할까!

단언하지만, '지금 여기'에만 집중하는 게 말처럼 쉽지 않다. 여기 온 지 열흘이 지났다. 세상과는 담 쌓은 기분으로 지내다 가도 자주 산란해진다. 세상에 세운 안테나를 못 끈 탓이다. 그럴 땐 걷거나 108배 하거나 "담장 너머 일은 남 일이다." 하고 되뇐다.

“무슨 일이 생겨도 너는 할 수 없고, 갈 수 없고, 해결할 수도 없다. 그러니 니 발밑을 보고 지금 여기서 잘 살도록 해.”

수 년 전 처음 머문 사찰에서 스님에게 들은 소리다.

3부
누구나 자기 방식대로 사는 노하우가 있다

부지런한 노년은 그만

꿈과 현실의 차이가 클수록 생각은 줄이고 포기할 줄 알아야 어른일 텐데…, 산 공기는 폐부가 깰 만큼 시원하지만 낮에도 이불을 갤 수 없을 만큼 추위가 매섭다. 이마에 없던 반점이 생기고 흰 눈에 반사된 자외선 탓에 기미가 올라온다. 자연에 의지해서 기운을 회복하려면 이 정도 부작용은 감수해야 할까? 전원생활이 꿈인데 이런 사소한 일에도 망설여지니 자신이 없어진다.

바깥 유리문에 서리가 하얗다. 얼굴만 내밀고 밖을 살핀다. 패딩 안으로 한기가 치고 들어와 바로 문을 닫았다. 문밖 출입은 엄두를 못 내고 눈 마사지나 책을 읽으며 오전 시간을 보낸다. 두통이 가시질 않는다. 한 시간 앉아 있기도 힘들고, 갑자기 기운이 뚝 떨어지기도 한다.

"괜찮아."

"천천히 다시 해보자."

"자신감을 가지자."

이런 말들로 나를 달랜다. 몸이 지치니 마음도 덩달아 늙어서 팔순 노인이 된 기분이다.

요즘 툭하면 듣는 소리가 '100세 인생'인데, 노년이 반이라면 무슨 의미가 있을까 싶다. 길어진 수명만큼 70세까지는 일해야 한단다. 지금까지 일한 것만도 충분한데 어찌 팔팔하게 일만 하다 죽으라는 건가, 끔찍하게. 게으르게 살아도 건강하고 마음 편하면 그만이다. 누가 뭐라거나 간섭할 사람도 없는데 척하고 살지 말자. 놀다 죽고 싶다.

계속 청춘이고 싶어서 발악하는 마음 한편으로는 애쓰는 내가 싫고 안됐다. '그러면 어때? 그럴 수도 있지, 그래서 뭐?' 이런 마음도 올라온다.

감사합니다

절에 오면 자주 하는 말이다. 하늘에 별을 봐도 "감사합니다.", 법당에서 삼배하고는 무조건 "감사합니다." 이러고는 합장한다. 소원을 가지고 나한전에 들어가도 나도 모르게 "감사합니다."라는 말이 먼저 나온다.

몇 년 전 아는 언니가 봉화 부석사에 가자고 해서 묻지도 않고 따라나섰다. 당시 억울하고 분한 마음이 끊이질 않아서 부처님께 따지려던 거다. 그날따라 언니는 여기저기 들르는 곳이 많았다. 해 질 녘에야 겨우 부석사에 닿았다. 그런데 무량수전으로 달려가 부처님을 마주하는 순간 나도 모르게 삼배하며 "감사합니다.", 거듭 "감사합니다.", 그러고 있는 거다!

돌아서 나오며 '내가 왜 이러지?' 기가 찼다. 분한 마음도, 섭섭함도 잊고 그저 감사한 마음만 생긴 이유를 나도 모

른다. 집이나 회사에서도 이런 마음이면 병나지 않을 텐데, 사람들과 행복할 텐데. 웃다 보면 진짜 웃을 일이 생긴다는데, 뻔뻔하게 억지로라도 감사하는 연습을 하다 보면 진짜로 감사할 일들이 생길까?

눈이 왔다

밤새 눈이 내려 세상이 새하얗다. 동구 밖으로 쌓인 눈 위를 걷고 싶어 신발을 신다가 추워서 도로 문을 닫았다. 함박눈이 계속 쌓인다.

한 시간쯤 후 눈을 치우는 소리에 밖으로 나간다. 법당 스님은 눈 가래로 법당 앞에 길 내고 공양주 보살님은 문밖 한길로 비질을 하며 나간다. 얼른 나가 합세해서 나한전, 대웅전 앞 계단을 쓸고 약사전 둘레를 치운다.

한길로 나간 법당 스님은 눈 가래가 지나간 길을 또 쓴다. 낮에 쌀을 가지러 차가 올 거라서, 차가 지나갈 길을 내는 거란다. 그 마음이 고와서 나도 같이 쓱쓱 길을 낸다. 비질을 하다 보니 내 마음 잡티도 쓸려나가는 기분이어서 빗자루 잡은 손에 힘이 간다. 저만치 동구밖으로 나가는데 뒤에 남아 있던 스님이 “아이고, 더는 못하겠다.” 하며 안으로 들어갔다.

내가 어릴 때 엄마는 눈이 오면 자식들이 등굣길에 미끄러질까 버스정류장이 있는 한길까지 길을 내곤 했다. 때론 마당에 내린 눈도 안 치우면 동네 사람들이 게으르다고 흉본다며 새벽부터 눈을 치웠다.

사실 나는 쌓인 눈을 소스락 소스락 밟는 게 좋다. 어릴 때 눈 쌓인 마당에 나가 자주 놀았다. 발자국으로 꽃도 만들고, 커다란 동그라미도 만들고, 펑펑 내리는 함박눈을 맞으며 신나서 뛰어다녔다.

사양합니다

눈 쓸고 기운이 빠져 쉬려는데 공양주 보살님이 주지 스님이 엿기름을 짜고 있는 고방에 가보라 한다. “예.” 하고 대답은 했지만 방으로 들어왔다. 사람들이 말하면 우선 “예.”라고 대답하게 된다. 공양주 보살님이 “우리 방에 놀러오이소.” 하면 “예.” 하고, 선방 스님이 “커피 마실래요?” 하면 “예.” 한다. 나중에 기다렸는데 왜 안 왔냐고 하면 ‘전화가 와서 통화하다 보니’, ‘땀 나서 머리도 감고 씻느라’ 하면서 둘러댄다. 틀린 소리는 아닌데 변명이 된다.

거절을 못하는 성격 때문에 본의 아니게 오해를 사는 일도 있다. 답하기 곤란하거나 당장은 불편해도 분명하게 대답해야 한다. “가고 싶지만 할 일이 있어요.”라던가 “돕고 싶지만 허리가 아파서 좀 쉴게요.”라는 식으로 정중하게 사양하는 게 오해받는 것보다 낫다. 예전에 아버지가 “상대방한테 하기 어려운 말은 먼저 하는 게 낫다."고 말씀하신 적이 있다. 그런데 그 말을 하는 게 얼마나 어려운 건지….

스타일

사람의 인상과 성격을 드러내는 스타일에는 옳고 그름이 없지만 품격은 숨길 수 없다. 후원이나 경내에서 마주치는 법당 스님은 볼 때마다 착한 미소로 웃어주니 편한 언니 같다. 털털한 성격이라서 일꾼인지 스님인지 헷갈릴 정도로 팔을 걷어부치고 일하는 모습을 자주 본다. 찬밥, 잔반을 가리지 않고 잘 드셨는데 저녁 공양을 안 한다고 하셔서 의외였다.

순둥하지만 거침이 없어서 뜨악할 때도 있다. 눈치 없어 보일 정도로 고집도 장난이 아니다. 법당에선 180도 다르다. 지켜보는 선배나 신도도 없지만 혼자서 묵묵히 한 시간 이상 기도하고 『금강경』을 독송한다. 스님이면 당연한 일 아닌가, 쉽게 이야기할 수 있지만 직접 해보면 보통 일이 아니다. 어쩌면 법당 스님은 그렇게 자기 방식대로 사는 노하우가 있는 거다. 속으로 삭히면 속병, 화병만 난다.

곱상한 외모와 달리 자기주장이 분명한 선방 스님을 봐도 그렇다. 역할을 잘하려다 스타일로 굳어진 건지, 스타일을 고수하려다 성공하는 건지는 모르지만 바깥이 소란해도, 공양간이 분주하게 돌아가도 뚝심 있게 선방에서 홀로 공부를 계속한다. 똥고집이라도 가끔은 부릴 필요가 있다. 사람 좋다는 평판에 휘둘려 이도 저도 아닌 것보다 낫다. 어떻게든 선한 성품은 드러나게 마련이니까.

반대로 가진 걸 떠벌리거나 목에 힘 주는 사람, 알고 보면 별것 아닌데 쫄았다 싶으면 속았다는 기분에 더 화난다. 상대의 태도나 지위에 따라 태도를 바꾸는 사람들도 있다. 인지상정이니, 세상인심이니 하는 말은 핑계일 뿐, 세상에 일방적인 건 없다. 겸손하게 대했더니 시건방 떨거나 함부로 굴어서 창피당하는 건 하수나 하는 짓이지만, 그런 망신은 종종 벌어지는 일이다.

오지랖

"언니, 차라리 나가서 일해."

딸은 엄마를 닮는 건지, 남매를 둔 언니는 자식 일로 마음 고생을 하더니 60이 되기도 전에 할머니 같다. 속마음을 쉽게 내보일 사람은 자매밖에 없는데, 그냥 들어줘야 하는데, 듣다 보면 답답해져서 충고하고 만다.

"언니, 제발 집에서 속 썩지 말고 나가. 남자들은 밖에 나가면 집안 일은 잊어버린대."

"너나 직장생활 똑바로 해."

되돌아오는 대답에 감정이 상해버린다. 답답한 사람끼리 오지랖 떤다. "너나 잘하세요.", "니 일이나 해." 듣기 싫지만 뼈 아픈 충고다. 금쪽같은 조언은 왜 어렵고 싫은 소리인지? 다른 사람을 위한다면서 내 생각을 강요하는 건 또 무슨 심보인지? 누구를 배려한다는 건지? 이러니 가족이라

도 가끔은 차단하는 게 좋다. 제각각 제 일만 잘하면 그만
이다.

비움의 시작

방 안에서 멍 때리다 보니 주변에 널린 물건들이 거슬린다. 싹 다 치우고 싶어진다. 캐리어 하나에 방한복, 절복• 한 벌, 갈아입을 티셔츠, 속옷 두 벌, 신발 한 켤레, 책 두 권, 노트 두 권, 안경, 작은 파우치에 화장품, 전기 찜질기 하나, 작은 주전자, 텀블러, 영양제와 티백 몇 개, 세면도구 등을 챙겨왔다.

매일 갈아입던 옷을 여기서는 3, 4일 입다 빤다. 기초 화장품도 남고, 립스틱은 한 번도 안 발랐다. 안경은 두 개나 필요 없다. 양말도 두 켤레면 충분한데 수면 양말까지 네 켤레, 장갑도 잃어버릴 걸 대비해서 두 켤레다. 비상용이나 여유분으로 챙겨온 것들이 막상 필요가 없다. 모자는 하나로도 충분히 잘 쓴다.

의외로 유용한 건 싸구려 플라스틱 빗이다. 두피나 팔 마사지, 방바닥에 떨어진 머리카락 회수 등 쓰임새가 많다.

한 가지 물건을 다용도로 쓰는 법을 저절로 익힌다. 궁하면 통한다더니 책 읽거나 일기 쓸 때는 캐리어를 눕혀놓고 책상으로 쓴다. 허리 펴고 과일 먹거나 물 마실 땐 식탁이 된다. 대체로 하나면 충분하다.

최소한의 생활용품이라고 챙겨왔지만 여기서는 쓸모없거나 거추장스럽다. 수첩, 선글라스는 캐리어 안에서 잠잔다. 귀걸이는 암자에 도착하자마자 빼놓고 까마득히 잊었다.

- 절에서 일하는 사람이나 절에 오는 사람들이 입는 생활한복같이 생긴 옷. 품이 넉넉해서 절하기도 편하다.

처신

주지 스님과 법당 스님은 성격이나 스타일이 전혀 다른데도 함께 오래 생활했다. 그 비결이 궁금하지만 손님 처지에 암자 사정에 빠삭해서 좋을 것 뭐 있나. 적당히 모르고 산다. 원만한 대인관계는 무난한 직장인의 생활 태도가 답인지도 모른다.

법당에서 108배를 하고 돌아오는 길에 법당 스님과 마주쳤다.

"어디 다녀오세요?"

"법당에요."

"착해라, 법당에도 다 가고…."

예불이나 기도 시간에 자주 보이질 않으니 밖으로만 나다닌 줄 오해했나 보다. 하긴, 내가 허리 아프다 하니 공양주 보살님은 허리 디스크 환자인 줄 알고 내가 물 주전자 드는 것도 내심 조심스러웠다고 한다.

몇 명 없는 암자에서 오해를 받으면 곤란하다. 하지만 어쩔 수 없다. 혼자 있고 싶으니까. 쉬러 와서 눈치 볼 거면 안 오는 게 낫지. 그냥 하는 소리려니 넘기지만 오해를 받거나 다른 사람을 섭섭하게 만드는 것은 현명하지 않다. 어디나 처신이 어렵다.

욕심

밤 사이 책을 좀 봤더니 무리였는지 잠을 못 자고 뒤척였다. 몸이 아직 회복되지 않았는데 욕심을 부렸나 보다. 새벽에 일어나려다 풀썩, 바닥에 엎어졌다. 포박을 당한 것처럼 움직일 수가 없다. 꼼짝없이 엎드려 쉬다가 한참 후에야 기운을 내 일어난다.

여기에 와서 마음은 편안해졌는데 몸은 마음처럼 쉽게 회복되지 않나 보다. 평소 고질병인 화장실 문제도 계속 괴롭기만 하고 밥을 먹는 중에도 신호가 와서 불편하다.

여닫이문을 활짝 열고 이불을 터는데 법당 스님이 웃으면서 지나간다. 스님의 건강하고 상쾌한 웃음이 부럽다.

잠을 못 잔 아침, 유난히 배가 더부룩하고 말썽이다. 십수 년 방치된 뱃속이 단 며칠 구슬렸다고 정상이 되면 로또 당첨이나 다를 바 없지. 욕심은 뻔뻔해서 잘 다스려지지 않는다.

차라리 돈을 주세요

“내가 말한 대로 이렇게 해야 돼.”

“너처럼 그러다간 큰일 나!”

진심어린 조언을 했다. 하지만 대부분은 흘려듣고 무시한다. 결국 입을 다물게 된다.

상대에게 진심어린 조언을 하고 싶다면 말 대신 돈을 주고 밥을 사줬어야 했다. 상대가 원하지 않는데 조언하는 건 꼰대나 할 짓이다.

내가 상대를 진심으로 아끼고 상대가 내 조언을 듣게 하고 싶다면 차라리 돈을 주세요.

오늘의 스승님

공양간이 있는 후원에 가니 노부부가 와 있다. 선방 스님은 식사 중이고 주지 스님이 보이지 않는다. 공양주 보살님이 주지 스님은 가마솥에 조청을 만드느라 불을 지켜야 한다고, 먼저 먹으라고 한다. 법당 스님이 교대해줘야 한다며 밥그릇 들고 자리에 앉자 공양주 보살님이 타박이다.

"왜예? 밥통에 새 밥 많아요. 맨날 찬밥만 드셔."

찬밥, 잔반을 먹어도 새 밥처럼 먹을 수 있는 멘탈, 존경스럽다. 공양주 보살님이 갓김치 볶음 잔반을 상에 올려서 덜어다 먹었다.

공양을 마친 후 빈 그릇을 닦는데 노보살님이 "어디서 왔어예?" 하신다. 보살들끼리 안면 트는 인사가 주로 어디서 왔냐는 물음이다.

"서울에서 왔어요."

대답이 자연스럽다.

아차차! 화두를 놓쳤다. 본래 생사고락이 화두라, '부모미생전 본래면목(태어나기 전 나는 어디서 왔는가?)', 나는 잘 모른다, 인 거다. 오직 모를 뿐….

가야산을 호령하던 호랑이, 해인사 방장이었던 성철 스님이 사람들에게 준 화두 '이 뭣꼬?' 역시 요새 식으로 풀면 '너 어디서 왔니?'다. 화두란 평소 한 몸처럼 지니고 있으라는 건데 자주 잊고, 때론 질문받아야 비로소 꺼낸다. 오랜만에 화두를 꺼내든 정오, 노보살님이 오늘 나의 스승이시다.

잔소리 여왕

설거지 마치고 뒷정리를 하는데 언제 왔는지 공양주 보살님이 옆에서 한마디 한다.

"손에 든 수세미는 컵 씻는 용도고, 그릇 씻는 수세미는 벽에 걸린 요거라예."

내 손에 쥔 수세미는 '컵 닦는 용'이라 푯말이 써 있다.

"그릇 씻는 물에 빠져 있길래 그냥 썼어요."

"누가 모르고 썼고만. 스님이 깔끔하다. 봐라, 죄다 용도가 다르다."

그릇장 모서리나 용기에 적힌 쪽지를 가리킨다. 그릇 닦는 것이나 컵 닦는 것이나 내 눈엔 거기서 거기다. 나름대로 지켜온 원칙과 질서는 존중하지만 때론 이런 디테일이 피곤하다.

하지만 음식 맛에 쏟는 정성 못지 않게 수세미 한 개도 허투루 쓰지 않는 까탈스러움, 고집스러움이 일대 최고라는 평판을 불렀을 것이다. 그래서 공양주 보살님도 그런 주지 스님의 엄격함을 따르는 것이겠지. 역시 아무나 고수가 되는 게 아니다.

얼마 전 컵 하나로는 방에서 마실 물이 부족해서 공양주 보살님에게 도움을 청했다. 선반에 잠자고 있는 작은 주전자를 가리키며 여기에 물 받아가도 되냐고 물으니 안 된단다. 주지 스님이 물 주전자, 커피 물 내리는 주전자 절대 안 섞어 쓰신다고. 다소곳해져서 조용히 내려놨다.

불구경

고방 소식이 궁금해서 가보니 법당 스님과 노보살님이 조청을 만들고 있다. 법당 스님은 아궁이의 장작불을 살피고, 노보살님은 큰 가마솥 옆 부뚜막에 앉아 자기 키만 한 나무막대로 조청이 눌거나 끓어 넘치지 않게 부지런히 젓는다. 옛날식 부엌, 아궁이의 장작불, 자욱한 연기, 처음 보는 조청 만드는 과정까지, 이 모든 게 신기하다.

공양을 마친 주지 스님이 교대하러 오자 노보살님은 가신다. 나는 법당 스님 옆에 앉아 불구경하다가 장작 나르는 걸 돕는다. 고방 벽에 쌓아둔 장작은 보디빌더 허벅지만 한데, 타는 데는 10분도 안 걸린다. 불이 꺼지지 않게 수시로 장작을 넣어줘야 한다. 활활 타는 불 위로 양팔을 벌린 것보다 큰 무쇠솥 안의 조청이 달궈진다.

불을 때는 게 별건가 싶은 건방진 마음이 사라진다. "조청 만드는 게 여간 아니네요. 집에선 엄두도 못 내겠어요." 하자 주지 스님이 올해는 쌀 40킬로그램밖에 안 해서 다행이라고 하신다. 작년에는 80킬로그램, 재작년엔 120킬로그램, 재재작년엔 쌀 두 가마니였단다. "아궁이 불 때는 처사만 서너 명인 때도 있었지. 점점 일할 사람은 없고, 먹을 사람도 안 많고…." 그러신다. "이틀 내내 불을 때니 법당은 덜 춥겠죠?" 하니 어림없단다. 법당이 커서 3, 4일을 계속 때줘야 한다고. 암자 살림이라고 아무나 하는 게 아닌 거다.

주지 스님은 과묵하고 법당 스님은 툭툭거리지만 곧잘 장단이 맞는다. 둘이 암자 살림 꾸려온 지 십수 년, 조청처럼 둘 사이도 익어왔겠지. 불 앞에서 둘은 모녀지간 같다.

고양이야, 안녕!

바람에 고방의 육중한 나무 문이 덜컹 열리자 고양이 나비가 얼굴을 들이민다. 주지 스님이 나비가 못 들어오게 하라셔서 문을 닫았다. 나비가 계속 문 앞을 서성인다. 느긋한 보리는 문밖 계단에 누워 일광욕 중이다. 주지 스님이 자신의 방을 고양이에게 내줄 만큼 대우를 받아서인가? 가만 보면 고양이 셋 다 자기가 사람인 줄 한다. 빤히 눈을 맞추기도 하고, 내 방을 제멋대로 들어와서는 아랫목에 앉기도 한다. 거울을 보여주면 화들짝 놀라서 도망치지 않을까? 사람이 아니고 고양이라서.

"고양이는 자기가 주인을 고른다는데 사람을 안 가리나 봐요. 와서 손도 핥고 다리에 몸도 비비고 그래요."

"얘들 셋 다 낯을 안 가리. 세 마리 중 젤 부산한 게 나비고, 제일 게으른 녀석이 암컷이야."

그냥 봐선 모를 고양이들에 대한 정보를 알려준다.

나비 덕분에 고양이에 대한 거리감이 줄어든다. 손을 핥으면 살짝 무섭고 간지럽지만 내버려둔다. 암컷인 시리는 수컷 둘이 부산하게 움직여도 눈만 멀뚱거릴 뿐 꿈쩍도 안 한다. 하지만 내가 다가가면 제 방으로 들어가버린다. 자꾸 피하고 숨어서 고양이마저 사람을 꺼리나 했더니 게으른 거였다.

나는 고양이를 무서워했다. 어릴 적 고양이를 마주치면 서로 무서워서 고양이도, 나도 소리를 질렀다. 그래선지 악몽으로 자주 출몰해서 보기만 해도 겁나 멀찍이 피했다. 그런데 여기서 만난 고양이들은 친구처럼 편하다. 고양이가 먼저 나를 반긴 건지, 내가 먼저 고양이를 반긴 건지는 알 수 없다.

구체적인 소원

법당 대신 방에서 홀로 새벽 예불을 한다. 도량석 소리가 멀어지자 법당을 향해 삼배하고 예불 대참회문을 펼친다.

어제 동생이 전화해서 "좋은 데 갔으니 나를 위해 기도해줘."라는 말을 했다. 좀처럼 부탁도, 연락도 하지 않는 애라 마음에 걸린다. 지난 연말에 부서를 옮긴 뒤로 새벽 6시 출근, 자정 다 돼 퇴근이더니 여전히 힘든가 보다. 이번 주는 동생을 위한 기도주간으로 정한다.

가족들을 위해서도 기도한다. 특히 아픈 조카, 입시를 앞둔 조카, 마음이 아픈 언니, 노모 등 이유가 앞선 가족을 먼저 떠올린다. 남편이 아픈 친구를 위해서도 기도한다. 잘 지내는 가족, 친구들을 위한 기도에는 마음에 걸림이 없다. 그렇지 못한 경우는 기도가 중간중간 끊어진다. 멈췄다가 힘을 내 다시 한다. 그들의 아프고 불편한 상황이 안타까워 마음이 짠해지고 간절해진다.

기도하는 스님들도 이럴까? 사연을 듣거나 적힌 내용을 보면 그 심정이 전달되겠지? 막연한 기도보다 구체적인 소원, 최우선 소원 하나만 말해보라는 주문이 그런 이유 때문일 것이다. 욕심은 끝이 없다. 건강이든, 돈이든, 행복이든, 하나라도 온전했으면 하는 게 요즘 생각.

가족도 이해 못하는 병

3, 4일 잠을 설쳤더니 맥을 못 춘다. 결국 윗입술이 꺼끌꺼끌트더니 아랫입술로 번진다. 목이 계속 마르고, 앉으면 허리와 어깨가 뻐근하다. 걷기를 포기하고 성보박물관 카페 입구 흔들의자에 앉아 쉰다. 적은 데이터로 버틸 수 있게 해주는 나의 전용 피시방이다.

즐겨보는 유튜브 채널의 대담 코너에 정신과 의사가 나왔다. 자율신경계 이상으로 인한 자가면역질환으로 진단을 받아 치료 중인 의사 겸 환자였다. 자신이 의사임에도 원인을 못 찾고 만성피로에 시달리다가 병명 진단을 받는 데만 6개월 이상 걸렸다고 한다. 이름도 생소해서 이 질환이 만성피로나 번아웃, 무기력 등과 어떤 차이인지도 모르겠다. 무튼, 자신이 직접 병을 겪고 나서야 환자들의 고충을 공감하게 되고 진료가 친절해졌다고 고백했다.

아버지가 내 나이쯤일 때 이미 할아버지 같았다. 등은 구부정하고 몸에 살이 없었다. 밤에는 잠을 못 자고 거의 매일 앓는 소리를 냈다. 신음 소리 때문에 가족들이 잠을 못 자고 뒤척였다. 때때로 귀를 막고 잤다. 아버지가 돌아가신 지 20년이 넘었다. 지금에서야, 내가 아프고 나서야 병든 아버지의 심정을 가늠한다.

"가족도 이해 못하는 병에 걸린 기분을 아세요?"

이 말이 나를 안아주고 토닥여준다. 아무한테도 지지받지 못해서 마음까지 힘든 환자들을 위해 어서 치료약이 개발되고 인식도 바뀌었으면 한다는 그녀의 조언에 힘을 얻는다.

행복해?

점심을 먹는데 큰절•인 해인사 행사에 갔던 주지 스님과 선방 스님이 돌아왔다. 주지 스님이 주머니에서 찹쌀떡을 꺼내 한 개씩 나눠주고는 "커피 마실 사람?" 하신다. 공양주 보살님이 손을 들어서 나도 손을 들었다. 법당 스님이 "셋 다 마셔요." 보탠다. 주지 스님이 타준 커피 맛은 진리.

"커피 맛 좋아요. 행복해요." 그러자 주지 스님이 "행복해?" 하며 웃으신다. 웃는 스님 눈이 반달이 돼서 귀엽다.

갑작스러운 고양이 울음소리에 다들 고양이가 들어온 줄 알고 놀랐다. 공양주 보살님 카톡 알람 소리였다. 특이한 벨 소리에 함께 웃었다.

주지 스님이 생각난 듯 아는 스님의 전화 수신 벨 소리는 '사랑해요'라고 하면서, "부끄럽게 사랑해요가 뭐냐?"라며 민망해 한다. "사랑과 자비를 가르치시는 스님이 사랑을 부끄러워하심 어떡해요?" 농하니 "글타!" 하며 크게 웃으신다.

• 큰절은 '본사(本寺)'를 뜻하는 말이다. 본사는 하나의 교구를 관리하는 본부가 되는 절인데, 하나의 본사에는 여러 작은 절이 속해 있고, 이 작은 절을 '말사(末寺)'라고 부른다. 삼선암은 해인사를 본사로 둔 말사다.

안부 문자

스승이신 도반에게 문자를 보내려다 망설이기 며칠째. 여기에 와 있다는 간단한 안부 인사인데도 완성이 되지 않는다. “쯧쯧, 공부는 안 하고 쉬러 왔나?” 하며 대뜸 혼내실까? 몇 년 사이 호랑이 성격은 누그러지셨지만. 참선도, 기도도 잘하고 있다는 뻔한 거짓말은 안 통할 분이고. 아픈 속내를 하소연하긴 싫고, 그런다고 받아줄 리 만무고, 그런들 내 병이 나을 것도 아니다. 불쑥 제자가 중병 든 것도 모르다니 반발심이 인다. 아픈 게 스승 탓도 아닌데.

온 세상이 원망스러운 때가 있다. 나를 낳은 엄마도, 잘한다 잘한다 부추기던 상사도, 지지 않으려고 들볶던 나 자신도 원망했다. 글 한 줄에 오만가지 생각이 오간다. 울컥 눈물이 난다. 툭하면 눈물 바람, 자기연민에 빠지면 사소한 것도 걸림돌이다. 소맷자락을 집어 코 풀고 눈물 닦으며 마음을 다잡는다.

“삼선암에 와 있어요. 도반들과 공부했던 추억이 생각납니다. 눈물도 자꾸 납니다. 오늘은 법당에서 지난 몇 년간 흘린 눈물로 충분하다고 말했습니다. 그래도 눈물이 쏟아집니다….”

써놓고 보니 주책이다. 물 한 잔 마시고 잠깐 쉬자. 이렇게 또 미뤄진다.

자화상

새벽 네 시인데, 예불 시간인데 일어나 앉아 있기 무리라 도로 누웠다. 기력이 없다. '천천히 하자. 조금 쉽게.' 나를 달래는 말이 안 통하고 '내가 여기에 왜 왔나?', '무엇을 하려고 하나?', 답도 없는 질문이 안개처럼 몰려온다. 손거울을 들어 얼굴을 비춰본다. 폭삭 늙은 여자가 물끄러미 나를 본다. 이쪽저쪽 보자니 또 슬퍼진다. 슬픔을 달고 산 지 수년째, 자기 연민에 빠지면 울보가 되고 감정을 주체하지 못한다.

"누군 좋아서 일하니? 관두면 뭐할 건데? 좌판 깔래?"

이제 그만하고 싶다고 하면 돌아오는 반응들이다. 주춤주춤 뒷걸음치게 만들고 타협하게 했다. 사표를 던지던 패기는 어디 가고, 그럴수록 자신감도, 자존감도 잃어갔다. 무엇보다 나를 좌절시킨 건 마음도, 몸도 무기력한 것이었다. 건강을 잃은 거다.

일어나 물을 마시고 앉는다. 앞일을 지레 걱정하지 말자. 퇴직하면 지방에 작은 아파트로 이사하면 된다. 작은 집에서 소소한 일상을 사는 아줌마도 괜찮지. 돈 안 드는 취미로 시간을 보내고, 어쩌다 사랑하는 사람들을 만나 밥 한 끼 살 수 있으면 된다. 선배들 말처럼 적으면 적은 대로 아무렇지 않게 살면 된다. 지금 산중에서도 불편 모르고 때론 행복한데, 뭐.

당장 지금부터 남 눈치 보지 말자. 꼴등을 해도 최선을 다했다고 셀프 칭찬하기, 남들에게 잘 보이려고 노력하지 않기, 인간이 주는 상과 칭찬은 부질없음을 깨닫고 불법(佛法)대로 살아가기.

제대로 먹는 방식

소화 잘 되고 몸매까지 좋아지는 건강의 비밀은 의외로 간단하다. 뭐든 잘 먹고 잘 싸면 끝. 신선한 채소 식단, 적당한 운동, 노(No) 스트레스의 일상이면 충분하지만 이게 쉽지 않다. 관건은 실천.

사는 게 심드렁할수록 먹는 것은 맘껏 먹고 싶다. 양보다는 속도가 중요하다. 여기 있는 동안만이라도 제대로 먹어보자. 일단 소처럼 오래 씹고 천천히 먹는 거다. 입 안에 음식 맛이 골고루 스밀 때까지 서두르지 않고 먹는 게 처음엔 어색하다. 하지만 익숙해지면 일부러 노력하지 않아도 느긋해진다. 한 끼를 먹는데 한 시간가량 걸린다. 직장 다니면서는 어림도 없는 노릇이다. 때운다는 기분은 사라지고 평온해진다. 음식이 목에서 가슴, 배로 퍼지는 기분을 느껴본다.

오늘은 조청 탄 물 한 컵과 애플망고 반 개로 아침 준비

끝. 캐리어 앞에 앉아 허리를 편다. 칼로 껍질을 까고 잘라서 단맛을 음미하다가 과즙이 흘러 손을 다 버렸다. 어차피 씻을 건데 손과 이빨이면 충분하다 싶어 껍질과 씨에 붙은 과육을 손에 들고 먹으니 딱 갈비 뜯는 기분이다. 콧소리 흥얼대며 잘근잘근 남김없이 먹어 치운다.

정글의 법칙

빈 컵과 칼, 수저 등은 이태리타월로 박박 닦아 말린다. 며칠 새에 물건을 다용도로 쓰는 데 익숙해졌다. 컵은 물, 커피, 차 마실 때 외에 과일을 깎아 담기도 하고, 양치질할 때도 쓴다. 화장실 변기 앞에 있는 수도는 자리가 비좁고 쭈그리고 앉아야 해서 양치질할 때나 세수할 때 불편하다. 방문 앞 싱크대를 세면대 겸용으로 쓴다. 과일을 씻거나 간단한 설거지도 하고, 들고나며 손 씻고 이도 닦는다. 양말이나 손수건 같은 간단한 빨래도 한다.

가진 게 단출하니까 모든 물건을 제 용도로만 쓸 수 없다. 세안용 비누로 그릇을 닦고 발도 씻는다. 이러면 원시인 같지만 정글의 법칙, 현지 적응력으로 해결한다. 남의 도움은 생존이 걸린 문제 같은 중요한 일에만 최소한으로 써야 한다. 때수건을 다용도로 쓰는 건 처음엔 찝찝해서 망설여졌다. 사과를 이태리타월로 박박 문지르는 모양새를 누가 보면 민망할 것 같지만 반질반질 깨끗한 사과를 껍질째 먹을 수 있다. 단순하게 산다고 해놓고 이것저것 가리면 단순해지지 않는다. 물건도 장삿속으로 용도를 따져 세분화해서 그렇지, 최소한으로 갖춰도 불편하지 않다. 물건의 이름도 선입견인 거다. 이태리타월로 사과를 닦다니 뭐 하는 짓이냐고 놀려도 좋다. 자발적 원시인으로 사는 것도 제 멋이다.

봄이 온 줄

비에 혹한이 쓸려간 건지 날씨가 푹하다. 봄이 온 줄 착각할 정도다. 동구 밖 한길로 나서니 사람 발소리에 놀란 참새 떼가 푸르르 날고 계곡 물소리가 우렁차다. 봄 기분에 가슴이 뻥 뚫린다. 산행길 나선 사람들이 심심찮게 눈에 띈다. 새소리, 물소리, 바람 소리를 동영상에 담았다.

성보박물관 앞 다리 중간에 서서 보는 계곡 풍광이 그만이다. 너른 바위에는 원앙 같은 새들이 옹기종기 모여 앉아 있다. 한참을 부동(不動)자세로 꿈쩍도 하지 않아서 조각인 줄 알았다. 그 모습이 신기하고 평화로워서 한참을 보다가 올라왔다.

입맛대로

오늘 점심은 특식 중에서도 특별식인가? 돈가스가 뷔페 접시에 떠억 놓여 있다.

"진짜?"

눈으로 물으니 공양주 보살님이 웃으며 답한다.

"콩으로 만든 콩가스라예."

콩가스는 바싹 잘 구운 돈가스 같은 맛이 난다. 토마토 소스를 올려 먹으니 더 맛이 산다. 진한 맛을 좋아하는 법당 스님은 바질 가루를 얹는다. 주지 스님이 서울 보살도 그리 먹어보라 해서 따라 하니 고수처럼 입안에 향이 돈다.

법당 스님 입맛이 전라도 식이라면, 주지 스님은 평안도 식이다. 맵고 짜고 달큰한 맛 대(對) 밍밍하지만 갈증 부작용 없는 담백한 맛. 내게 고르라 하면 부담 없고, 자극 없는 후자다. 주지 스님은 다른 식구들을 의식해서인지 자기 입맛에 맞추지 말라고 공양주 보살에게 당부한다. 그러면서 "국이 짜다. 뜨거울 때는 맞는데 식으니 짜진다." 한다. "짜요?" 하면서 맛보는 공양주 보살님이 "이 정도면 안 짠대?" 갸웃한다.

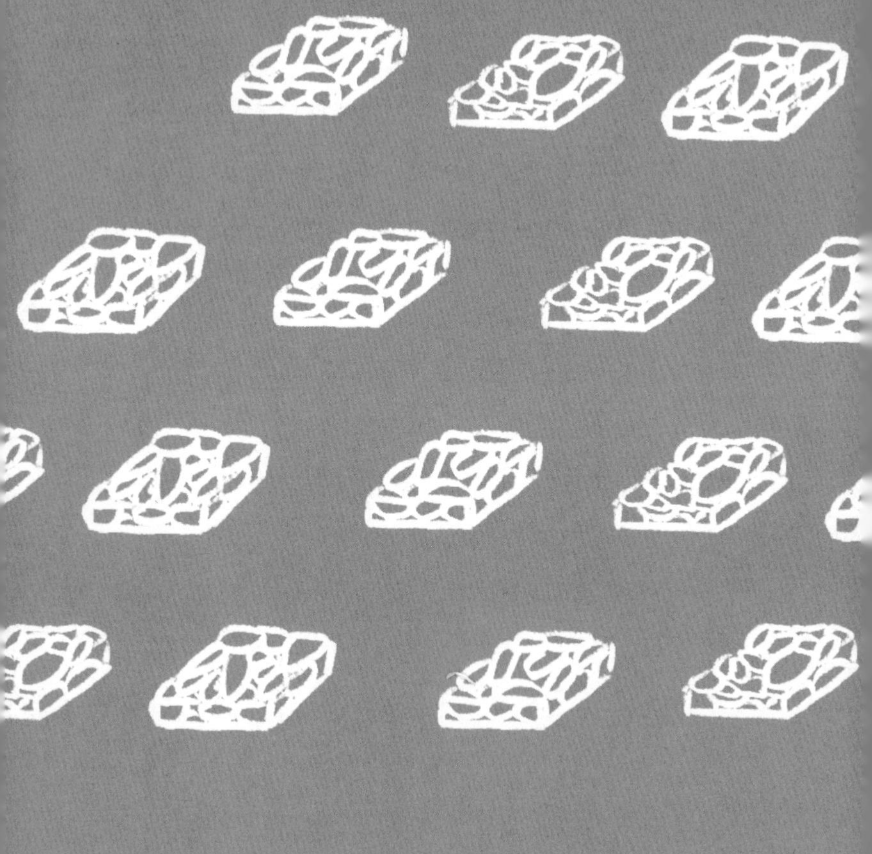

4부
행복이 별건가

겨울 산행

으슬으슬하고 손발도 차져서 아랫목에 엎드려 있는데 공양주 보살님이 방문을 두드린다. 주지 스님이 산꼭대기 마애보살상에 올라가신다고 준비하란다. 하필 지금? 비가 와서 바윗길이 미끄럽다더니 스님 마음이 바뀌었다. 지금 아니면 기회는 없을 거라는 말씀에 얼른 일어나 나간다. 등산 준비야 입던 옷에 모자만 챙기면 끝이다. 주지 스님, 공양주 보살님, 나, 이렇게 셋이서 출발이다.

마애보살상 가는 길은 사람 발길 드문 산길이다. 스님들의 운동 겸 산책 코스란다. 낙엽이 수북하고 곰이 출현할 수 있으니 조심하라는 현수막이 군데군데 걸려 있다. 몇 년 전에 지리산 곰이 여기까지 왔다는데, 요즘은 멧돼지가 자주 출몰한단다. 주지 스님도 어느 날 새벽길에 멧돼지와 딱 마주쳐서 오금이 저렸다고 한다. 숲에서 동물을 만나면 절대 뒤를 보이면 안 된다. 짐승이나 사람이나 본능은 같아서 뒤를 보이면 무참히 공격당할 수 있다. 스님이 그 자리서 꼼짝 않고 노려보자 기 싸움에 진 멧돼지가 슬그머니 숲으로 들어가서 상황이 종료됐지만 그 뒤로 한참을 못 왔다고 실토하신다. 손 안 대고 멧돼지도 퇴치한 대단한 우리 주지 스님! 스님 뒤를 바짝 따라붙는다.

사람이 겨우 지나다닐 만한 산길은 멧돼지가 땅속에 숨은 뱀이나 먹이를 찾느라 여기저기 파헤쳐 놨다. 멧돼지가 다니는 길에 있는 것만도 움찔한데, 스님은 헤집어놓은 모양새를 보더니 방금 전 멧돼지가 지나갔다고 아무렇지 않게 말씀하신다. 금방이라도 멧돼지가 튀어나올 것 같아 오싹하다.

위로 올라갈수록 계곡 물소리가 잦아든다. 군데군데 물이 얼어 두꺼운 얼음 바위로 변한 광경이 생경하다. 산 중턱까지는 무릎이나 허벅지 정도였던 산죽(山竹)도 산봉우리에 가까워지자 어른 키를 훌쩍 넘는다. 스님은 말라비틀어진 산죽 대를 짚어주며 산죽은 꽃을 피우면 나무 자체가 죽는다고 알려준다. 평생 딱 한 번 죽기 전에 꽃을 피운다니 그냥 지나치지 못하겠다. 산죽 꽃아, 너도 사연이 깊은 거냐?

산죽 숲을 지나 바윗길로 접어든다. 찬 공기가 안개처럼 주변을 가로질러 가고 시야가 뿌예진다. 때아닌 꽃봉오리를 품은 진달래 군락이 나타났다. 수십 년 묵은 연륜이지만 기후 변화에는 별 수 없이 순응하는 모습에 겸손해진다. 고집 부려봐야 소용없으니 순순히 항복해라, 사람이라고 다를 바 없다, 이렇게 살아가라 그러는 것 같다.

"봄에 오면 여그 진달래꽃 천지다." 스님 말에 공양주 보살님이 "내년에도 오소!" 하며 나를 본다. "네, 꽃피는 호시절에 다시 오고 싶어요."

스님이 다 왔다며 가리키는 곳, 산꼭대기에 우뚝 선 마애보살상이 눈앞에 있다. 신라 시대에 세워진 신비한 미소의 마애보살상을 마주 올려다 보니 경건해진다. 스님이 기도해주고 축원하는 동안 세찬 바람에 낙엽이 머리를 치고 날아간다.

내려오는 길은 지름길이라 훨씬 수월하다. 스님이 앞서 성큼성큼 걸으면서 소리를 내 정근하시고, 공양주 보살님과 나는 뒤를 따른다. 올라올 때 못 본 경치도 감상하면서. 대적광전 뒤로 율원(律院)•과 연구원을 지난다. 일주문으로만 다녀서 이 길은 초행이라 하니 스님이 웃는다. 일주문을 통과

하지 않아도 절 안으로 들어가는 길은 많다. 도를 닦는 법도 한 길만이 아닐 거다.

겨우살이 너머로 달이 떴다. 반달이 그림 같아서 한참을 올려다 본다.

• 불교 신자라면, 그리고 스님이라면 반드시 지켜야 하는 규범이나 규칙을 통틀어 '계율(戒律)'이라고 한다. 신자가 지켜야 하는 계율보다는 스님이 지켜야 하는 계율의 조항 수가 훨씬 많다. 율원은 스님들에게 계율을 전문적으로 교육하는 기관인데, 우리나라에는 해인사를 포함해서 아홉 군데 사찰 정도에만 설치되어 있다(대한불교조계종 기준).

덕분에

엊그제 다녀간 노보살님은 가야면에서 참기름 집을 한다. 이 집 참기름 맛이 좋아서 경 언니는 매번 거기서 사 먹는다고 했다.

경 언니는 삼선암과 관련된 일이라면 모르는 게 없다. 주지 스님과의 인연도 경 언니네 엄마부터 시작된 오랜 사이다. 주지 스님은 언니네 엄마를 이모라고 부른다. 중학교에 다니는 자신에게 밥을 해줬었다며 마음이 바뀌어서 딸을 구박하는 것이 안타깝다고 했다. '치매'라고 안 하고 '마음이 바뀌어서'라고 하니 듣기가 부드럽다. 그런 경 언니의 부탁인 데다, 공양주 보살님이 부엌일을 돕게 되어 나를 받아줄 수 있었다고 한다. 법당 스님과 주지 스님 둘만 있을 때는 쉬러 온다는 부탁은 다 거절했단다. 한참 바쁠 때는 오후 네 시에야 점심 공양을 했다고 법당 스님이 보탠다.

"경이한테 들었재?"

"네. 받아주셔서 감사해요. 공양주 보살님도 감사해요. 덕분에 왔습니다."

볕이 좋아서

볕이 좋은 약사전 돌계단에 앉아 엄마한테 전화를 건다. 비 온 뒤 볕이 좋아서 봉당에 나와 밥 생각을 잊고 앉아 있단다. 둘 다 처량한 신세구나!

가슴 후련하라고 경내를 몇 바퀴 돈다. 부산한 나비가 따라붙는다. 털을 긁어주니 제 몸을 비빈다. 산책해도 답답한 가슴이 풀리지 않는다. 무기력이 도진 건지, 신경이 예민해지고 피곤하다.

'어서 나아야지', '마음을 바꾸면 돼'라는 식의 남 말은 쉽다. 과로사 직전까지 가보고, 번아웃에 10년 가까이 시달리고 하는 소린지 궁금하다. 그냥 안아줄 수 없다면 바라보기만 해라. 손가락질하고 뒷담화하는 것보단 낫지만 충고나 조언은 본인 마음부터 바꿔보고 해도 늦지 않다. 편견이나 동정이 싫어서 애써 괜찮은 척 건성으로 넘기다 보면 결국 상처만 곪는다.

널뛰는 마음을 조절하고 달래야겠다고 다짐한 이후에는 빈말은 안 하려고 한다. 내 감정을 속이고 남 눈을 의식하며 살아온 세월만큼 나는 병들고 무기력해졌다. 기분은 80세인데, '곧 회복될 거예요. 좋아지겠죠.' 그러면서 쓸쓸하기 싫다.

분위기가 왜 이래

멍청하면 몸이 고생한다. 이불이 얇아서 방바닥에 닿는 부분이 배기더니 엉덩이 피부가 까졌다. 바셀린을 바르고 이불을 두툼하게 접어 방석처럼 깔고 나서야 통증이 덜하다. 집에 갈 때가 다 돼서야 이런 지혜가 떠오르니 웃고 만다.

점심 공양을 마치고 일어서는데 주지 스님이 들어오신다. 불편한 기색이 역력하다. 자리에 앉으시더니 혼잣말인지 꾸짖는 말인지 "멍청하면 몸이 고달프지. 아이고, 멍청하면 몸이 고달프지." 그러신다. 왜 그러실까 가만히 보는데 누룽지가 가득 든 소쿠리를 들고 공양주 보살님과 법당 스님이 들어온다. 엊그제 주지 스님이 찬밥은 괜찮아도 누룽지는 못하게 한다고 공양주 보살님이 불퉁거렸는데…. 이 싸늘한 분위기. 저 누룽지 탓인가?

나는 누룽지를 좋아한다. 자리에서 일어나려는데 공양

주 보살님이 "누룽지 가져가이소." 권한다. 방에 가져와서 먹는 고방 가마솥 누룽지, 살벌한 공양간 분위기와는 반대로 달콤 고소하다.

싱글은 억울하다

동생 안부가 궁금해서 전화했더니 아침도 굶고 있다. 연말정산 후에 세금 폭탄 맞아서 어제는 혼자 치맥하고 울었단다. 대기업에 다닌다고 친구들 모임이든 가족 행사든 밥값 정도는 당연히 내고, 가족여행 경비도 다 부담하는 럭셔리한 그녀. 어린 조카들에겐 '갑부 이모' 소리를 듣지만 정작 자신을 위한 돈은 안 쓰고 못 썼는데, 월급은 줄고 세금까지 토해내니 억울하다.

대한민국은 싱글들한테는 가혹하다. 혼자 사는 것도 억울한데 해주는 것은 없으면서 떼가는 건 엄청나게 떼간다. 인구 감소에 기여한 패널티인가? 나도 한잔 해야 된다.

사는 건 거기서 거기

연봉이 얼마, 보너스가 얼마, 하지만 막상 통장에 남는 돈은 없다. 회사에 다니고 있지만 한심한 기분이 든다.

나이 들면 여유 있을 줄 알았는데 여전히 돈, 돈, 돈…. 노후 준비는 안 되고, 사는 게 참 쳇바퀴다. 암자 밖 세상일에 신경이 쓰이는 걸 보니 돌아갈 때가 되었나 보다. 애면글면하지 않고 살면 된다. 욕심 안 내면 된다. 스스로 최면을 건다.

퇴직하여 밥을 사는 선배가 있다. 여유가 있어서 밥도 사고, 커피 값도 안 아낀다. 어떤 분은 아르바이트로 돈이 생겼다며 우리를 불러 밥을 산다. 나도 언제든지 밥 정도 흔쾌히 사는 사람이면 좋겠다. 아껴둔 돈으로 후배에게 한턱내는 배포 있는 선배가 되고 싶다.

라떼는 말이야

저녁 공양으로 라면을 먹는다. 주지 스님의 도반 스님이 도착했는데 찬밥을 대접할 수는 없고, 마애불 산행을 다녀오느라 시간이 없던 탓이다. 누룽지를 먹어도 되냐고 물으려는데 공양주 보살님이 라면 한 대접을 내민다.

공양주 보살님이 "내일 아침에는 나오소. 맛난 것도 먹고 재밌는 이야기도 하고. 보살님 인제 여기 있을 날도 며칠 없어예." 한다. 감사한 마음에 미소로 답한다.

주지 스님은 도반 스님이 사온 빵을 김치에 싸 드신다. 밀가루는 질색이라더니 잘 드신다. 아니면 곡물빵인가? 주변을 의식해서인지 스님은 빵에 김치를 먹는다며 멋쩍어 하시는데 내가 보기엔 맛만 있어 보인다.

식빵에 고추장 찍어 먹던 옛날이 떠오른다. 유럽 배낭여행 초창기에는 돈도 아낄 겸 주식으로 식빵을 사서 고추장에 찍어 먹었다. 당시에는 김치나 김, 오징어 같은 건 냄새 때문에 눈총을 받아서 내놓고 먹지 못했다. 여행 필수품이었던 고추장은 비행 중 기내에서 전리품으로 챙긴 것이었다. 한류 열풍으로 김밥이나 떡볶이 체험 동영상이 인기고 한국 음식을 선호하게 된 지금은 상상조차 어려운 이야기다.

레트로 유행 타고 새롭게 선보이는 옛것들이 추억을 자극한다. '라떼는 말이야'('나 때는 말이야'를 변형한 언어 유희)도 한 시대를 통과한 사람들만의 특권일 것이다. 유치하다고 놀려도 별 수 없다. 유명한 광고 문구처럼 '니들이 식빵에 고추장 찍어 먹는 맛을 알아?'

행복이 별건가

도량석 소리에 불 켜고 앉아 참선한다. 마애보살상에 다녀온 뒤로 힘든 게 덜하고 두통이 사라졌다. 아무래도 마애보살상 다녀온 가피인가 보다.

기운이 나서 아침 기도가 길어진다. 가족과 친구, 지인들, 유명(有名)·무명(無名)의 모든 생명과 중생을 위해서도 발원(發願)•한다. 별도 안 뜬 월요일이지만 마음은 주말이다. 행복이 별건가?

새벽에 기상해서 점심 공양 시간까지는 찾는 이가 없으니, 온전히 나만의 시간이다. 자발적 묵언 시간. 누구에게 이해받을 필요도 없고, 나를 드러낼 이유도 없다. 새벽에 눈 떠 천장을 보노라면 벽걸이 시계 소리만 들린다. 시계 초침 소리마저 없으면 적막강산. 그 고요 속에 평온해진다. 행복은 크기가 아니라 빈도라는 말에 공감하는 나날이다. 적막강산에 홀로 누웠어도 평온을 느끼고, 공양간에서 끓인 물로 빈 속을 덥히는 것만으로도 충분히 행복하다.

• 기도 또는 소원(서원)을 내는 것을 말한다. 원래는 깨달음, 중생구제 등을 목표로 하는데, 대부분 사람은 개인적인 복을 비는 것으로 혼동하기 일쑤다.

내일의 몫

나는 일부러 수건으로 목을 두르고 잔다. 땀이 나서 꿉꿉하지만 자고 난 뒤 갈증이 훨씬 덜 하다. 별 보러 나간다. 오늘도 즐겁게 보내자, 건강하자, 그런 말을 나에게 해준다.

알람 소리, 출근 준비, 만원 버스…. 회사와 집을 오가는 일상으로 일주일 뒤면 돌아간다. 눈뜨자마자 기도, 몸을 달래는 운동과 셀프 마사지, 따뜻한 물을 마시고 몸을 일으켜 앉기까지 대략 한 시간이 걸린다. 계속 이 패턴을 유지할 수 있을까? 한편으로 닥치지 않은 일에 조바심 내지 말자, 다독인다. 조급하지 말자고 해놓고 금방 조급해진다. 내일 일은 내일 하자. 자부심도, 반성도 내일의 몫이니까.

역할

사람이든, 물건이든, 먹거리든 귀하면 환영받는다. 적재적소 필요할 때 값어치를 한다. 점심 공양에 배와 마를 참기름에 무친 반찬이 나왔다. 처음 보는 레시피가 신기한데 맛도 좋다. 공양간 냉장고에 있는 배는 식자재로 요긴하게 쓰인다.

공양 후 주지 스님 대신 커피를 간다. 한번 해보겠다고 자처는 했지만 직접 갈아보니 쉽지 않다. 부엌일이든, 잡일이든 여기선 내가 제일 서툴다. '동참에 의미가 있는 거니까' 하는 심정으로 쓱쓱 간다. 주지 스님은 인내심을 갖고 지켜본다.

옆에서 공양주 보살님은 생강을 까고, 법당 스님이 강판에 배를 간다. 배가 모자라니 한 개 더 갈아 넣으라는 주지 스님 말씀에 공양주 보살님은 얼른 일어나 배를 꺼내온다. 큼지막하고 모양은 좋은데, 껍질을 깎으니 속이 누렇게 변했다. 맛 좋은 과일도 냉장고에 오래 두면 상한다. 스마트한 사람도 늙으면 느리고 더뎌진다. 사람이나 과일이나 상하지 않고 튼튼해야 제 역할을 다한다. 쓸모와 성실도 체력에서 나온다.

설거지는 나의 몫

원래 부엌일 못하는 사람이 설거지한다. 명절에 음식 솜씨 없는 며느리가 김 굽는다는 옛말처럼, 부엌일에 서툰 나는 설거지를 하기로 마음먹는다.

강정 만들기를 도울 보살님들이 속속 도착한다. 가깝게는 가야면 시내에서 멀리는 밀양, 대구, 대전, 서울에서 온다. 모두 열 명 정도라고 한다. 공양주 보살님 혼자는 부엌일이 만만찮을 것 같아서 한마디 했다.

"강정 만들러 보살님들이 오면 식사 준비에 공양주 보살님도 바빠질 텐데, 제가 요리를 못해 거들지도 못하니 설거지라도 도울게요."

그런데 뜬금없이 주지 스님이 "경이는 설거지밖에 몬(못) 한다. 갸는 할 줄 아는 게 없다." 그런다. 정말 나도 강정을 만들라는 걸까?

코골이 해법

경 언니가 어머니, 친구와 함께 내려온다고 기별이 왔다. 자신들이 머물 방에 이불을 깔아 놓으라고 덧붙인다. 오랜만에 언니를 볼 생각에 반가운 한편, 걱정이 앞선다. 언니가 하필이면 내 방과 미닫이문으로 나누어진 뒷방을 쓰게 됐기 때문이다. 문제는 방음이 전혀 안 된다는 것. 잠은 다 잤구나 싶다.

　깊은 밤 산사에선 옆방에서 속삭이는 소리, 부스럭대는 소리, 심지어 자는 숨소리조차 들릴 정도로 방음이 안 되는 곳이 더러 있다. 벽 자체가 얇아서 그렇거나 한지로 된 종이문 탓일 거다. 가끔 한방에서 여러 명이 자게 되면 귀마개도 소용없을 때가 있다. 조금 과장해서 핵폭탄 급으로 코 골다 자기 소리에 놀라 벌떡 일어나는 사람을 본 적이 있다. 그러거나 말거나 어디서도 쿨쿨 숙면하는 사람은 더 대단해 보인다. 저런 강철 정신인데 도 닦을 필요가 있을까? 단체로 수행 프로그램에 참여하게 되면 기본은 서너 명, 많으면 20명 이상이 한방에서 자기도 하는데 그야말로 잠자리 복불복이다.

신기한 건 경 언니 엄마의 태도다. 부모란 자식 흉을 모른다더니, "어데? 우리 딸은 코는 안 골아!" 태연하게 말씀하신다. 대꾸할 말을 잃는다.

삼선암 강정 만들기

강정 만들기는 삼선암의 1분기 행사 중 가장 큰 프로그램 같다. 3일간의 대장정을 앞두고 너른 후원에 강정 만들 재료와 대형 소쿠리, 비닐 포대, 조리 기구가 산처럼 쌓인다. 만든 강정을 널어 말리려고 후원에 딸린 방들은 싹 다 치우고 비워 놓은 상태다. 일 못하는 나는 보는 것만으로도 겁이 난다.

공양주 보살님이 한숨도 못 잤다고 울상이다. 강정 만들기를 앞두고 스트레스를 받아 뜬눈으로 밤을 새운 모양이다. 쉬러 온 손님인 나도 벌써 긴장이 되는데 공양주 보살님이야 오죽할까!

총책임자인 주지 스님은 표정 변화 없이 차분하시다. 벌써 후원 한쪽에서 강정 만들 쌀 튀밥을 채로 거르고 계신다. 도반 스님, 법당 스님이 오가며 옆에서 거든다. 골라낸 튀밥이 내 키만 한 비닐 포대에 네 자루나 가득 찼다.

전통 방식으로 강정 만드는 과정은 구경거리겠지만 직접 노동에 참여한다면 이야기가 다르다. 후원에서 만드니 밥만 먹고 “잘 먹었습니다.” 꾸벅 인사하고 나올 수도 없고, 밥을 굶을 수도 없다. 하루도 아닌 3일씩이나 동원되게 생겼다.

법당 스님이 튀밥이 가득 든 비닐 포대를 후원 딸린 방으로 옮기시길래 따라가서 거들었다. 법당 스님이 슬며시 나를 떠본다.

“내일은 아침부터 강정 만들어야 해요.”

나는 강정 만드는 걸 본 적도 없다. ‘참나, 몇 번씩 묻냐고요? 이건 고문이라고요!’ 항변하고 싶지만, 겉으론 “우리 집은 명절에도 강정을 안 만들어서….” 하고 만다.

일 많은 집에 살면서 욕 안 먹고 일 안 할 방법이란 없다. 냄새 진한 화장품 바르고 나가면 “서울 보살은 저리 가라. 강정엔 손대지 말고 잔심부름이나 해.” 그러실까? 잠시 못된 상상을 해본다.

금강산도 식후경

아침 7시, 강정 만들기 시작이다. 파티장의 만찬 테이블처럼 주지 스님이 호스트 자리에 앉아 계시고 그 양 날개로 한 사람씩 앉을 방석이 줄지어 놓여 있다. 그 앞에는 강정을 만들 나무 틀과 물수건, 쟁반이 배치됐다. 이미 주지 스님은 조청을 튀밥, 땅콩과 버무린다. 재료를 섞는 건 주지 스님만 할 수 있다. 축적된 기술이 아니면 조청에 버무리기도 전에 튀밥 모양이 눌리거나 으깨진단다. 아침 공양을 마친 보살들이 차례로 자리를 잡고 앉는다. 나도 맨 끝에 있는 빈 방석에 앉는다.

이제 주지 스님이 자리에서 일어난다. 조청에 버무려진 쌀 튀밥과 땅콩을 담은 커다란 바가지를 옆구리에 끼고 주걱으로 적당한 양만큼 퍼서 한 사람씩 나눠준다. 사람들은 그걸 받아 직사각 나무 틀에 넣고 손으로 두드려 모양을 낸다. 사람들은 찐득한 조청 때문에 튀밥이 손에 달라붙어 애를 먹는다. 흰 물수건으로 손을 닦고 다시 시도한다.

주지 스님은 한 명씩 지도해주면서 직접 시범을 보인다. 그런데 강정 만드는 열 명 중 두세 명 빼고는 다 서툴다. 강정 만드는 게 처음인 생초짜였던 것. 만든 강정이 엉성해서 틀에서 떼자마자 모양이 흐트러지거나 모서리 부분이 채워지지 않아 강정 모양이 삐뚤다. 어떤 보살님은 손끝에 너무 힘을 줘 튀밥이 눌렸다. 아예 나무 틀에서 강정을 못 떼기도 한다.

주지 스님은 가르쳐주다가 조청이 굳어버려서 다시 버무리는 수고를 해야 된다. 서툴러도 열심인 보살들은 이것저것 묻느라 주지 스님을 불러대니 스님 마음이 급하신가 보다. 평소와 달리 목소리가 높아진다. 스님이 평정심을 잃기 전에 잘해야지, 그런 심정으로 기다린다. 협동이 필요한 큰 일에 모든 게 착착 진행되면 성격 나쁠 사람은 없을 거다.

나도 강정을 만들어볼까? 내 차례가 되었다. 주지 스님이 매의 눈으로 쳐다보니 이게 뭐라고 떨린다. 문득 스님이 눈살을 찌푸린다. 여기 와서 한 번도 손톱을 못 깎았다. 서툰데다 손톱마저 불합격이다. "탈락!"

강정 만드는 일 대신 만든 강정을 나르는 일을 맡았다. 이쪽 일은 법당 스님의 책임인데 "만드는 거보다 이게 나아." 슬쩍 귓속말한다. 강정을 쟁반으로 나르고, 바닥에 깔아 놓은 비닐 위에 부서지지 않게 옮겨서 말린다. 관건은 나란히 줄 세워 놓는 것. 물수건을 손에 들고 강정 하나 비닐 바닥에 내려놓고 손 닦고, 다시 내려놓고 손 닦고를 반복한다. 안 그러면 강정이 손에 달라붙어 안 떨어진다.

설렁설렁하는 것 같아도 고도의 집중과 기술이 요구된다. 강정 쥐는 엄지와 검지의 각도와 강정을 내려놓는 시간이 맞아떨어져야 모양이 틀어지거나 부서지지 않고 제자리에 안착시킬 수 있다. 게다가 열병식 하는 군인들처럼 딱딱 줄을 맞춰야 한다. 처음엔 이게 안 돼 내려놓은 강정 등이 굽거나 손가락에 닿은 부분이 떨어져 나가서 난감했다. 별수 없이 슬쩍 집어서 꿀꺽.

조청 때문에 끈적해진 물수건은 부지런히 찬물에 빨아 갈아줘야 한다. 쉼 없이 왔다 갔다, 쪼그려 앉았다 일어서고를 반복한다. 허리 아프고 기운 빠지고 어지럽다.

아, 쉬운 게 없구나! 자꾸 시계를 본다. 그런데, 밥때가 지나도 주지 스님이 그만하고 밥 먹자는 말씀이 없다. 이제

나저제나 주지 스님 입만 바라본다. 공양간 선반 테이블엔 접시마다 수북이 쌓인 반찬과 국, 떡, 과일들이 뷔페식으로 차려졌다. 공양주 보살님은 식은 국을 다시 데우며 후원 눈치를 살핀다.

공양하러 내려와서 기다리던 선방 스님이 밥때가 한참 지나도 일이 끝날 기색이 안 보이자 큰 소리로 재촉한다.

"스님, 공양 안 하세요?"

아무도 밥 먹자 소리를 못 하는데 역시 선방 스님이다.

가시방석

일복 많으면 어딜 가도 일을 달고 다닌다더니 절까지 와서 새벽부터 중노동이다. 강정 만드는 첫날부터 허리 통증이 도졌다. 강정을 나르고 가지런히 놓느라 앉았다 일어서기를 반복했더니 허리를 곧추 펴지 못하겠다.

방으로 와 눕는데 법당 스님이 문 열고 괜찮냐고 묻는다. 어지럽다고 한 게 걸려서 따라 와 봤단다. 누렇게 뜬 얼굴을 보더니 막힌 데를 뚫어준다고 지압을 해주신다. 얼음장 같던 손발이 녹는다.

법당 스님 덕에 공양간으로 돌아가 점심을 먹는다. 공양주 보살님이 "그리 약해서 어찌 부려 먹노?" 혀를 차고, 주지 스님은 "서울 보살은 오후엔 나오지 마라. 반나절하고 밥도 못 묵는데 무신 일이고?" 하신다. 쉬엄쉬엄하겠다고 말했지만 주눅이 든다.(정말 쉬고 싶어요!)

"보살님은 돈 버는 게 중요한 게 아닌 거 같아. 건강 신경 써야 돼."

법당 스님이 속삭인다. 엄마가 하는 소리다. 어릴 때는 아끼지 말고 치장하는 데 쓰라더니 이제는 몸보신하는 데 쓰란다.

"일도 하기 싫으면 하지 마. 안 굶어 죽어."

그러면 돈은 누가 버나!

마음은 가시방석. 요양 온 사람은 공부하러 온 사람만큼 당당하게 못 쉰다. 밥 먹고 자는 시간 빼고는 선방에서 면벽참선하고 계실 선방 스님을 오늘만큼 부러워하기는 처음이다. 속세든 출세(出世)든 공부하는 게 장땡이다.

쑥떡을 조청에 찍어 먹고 기운을 낸다. 개수대에 빈 그릇이 쌓여서 설거지를 하는데 주지 스님의 도반 스님이 나를 보더니 "하이고, 바람에 날아가겠네." 하신다. "안 날아가요." 공양주 보살님이 대꾸한다. 산에 올라갈 때는 휭하니 제 앞을 추월하면서 일할 때는 빌빌대니 하는 말이다. 아! 정말 날아가고 싶다. 마음은 벌써 새인데….

마음이 달라져서

경 언니가 도착했다. 언니는 모친이 치매에 걸린 뒤로 어디든 함께 다닌다. 딸은 옴짝달싹 못하고 엄마는 시시때때로 생떼를 부린다. 경 언니가 비위도 척척 맞추는 걸 보면 어머니는 복이 많다. 마중을 나가니 어머니가 나를 알아보고 반색하신다. 언니는 함께 온 친구를 내 대학 선배라고 소개한다.

어머니가 불편할까 방으로 모시려 했더니 강정 만드는 걸 구경하신단다. 주지 스님도 "이모, 내가 지금 멈추면 여그 공장 스톱이데이. 눈도 안 마주치고 인사합니데이." 한다.

선배는 자리를 배정받고 앉자 강정을 만들어 본 사람처럼 주지 스님 코치, 옆 사람 눈치 보며 잘도 만든다. 선배가 만든 강정을 쟁반에 옮기며 "나는 즉각 탈락인데, 선배는 즉시 합격이네요." 칭찬하니 선배는 웃어 보이면서도 손은 여전히 바쁘게 움직인다.

경 언니에게 강정을 쟁반에 담아 말릴 비닐 위에 가지런히 내려놓는 법을 코치해준다. 줄 맞춰 개수를 세고, 이 과정을 법당 스님에게 보고하고 점검받는 전체 과정을 인계하고 어머니 옆에 앉아 쉰다.

어머니가 "하이고, 이 많은 걸 어디 선물하나 보네?" 하셔서 "예, 여기저기 선물하고 큰절에도 보낸답니다." 했다. 10분도 안 지나 "이렇게 많이 만드는 게 어디 선물이라도 하는가 보지?" 그러신다. "예, 선물도 하고 큰절에도 보낸대요." 이렇게 서너 번 내리 한 것 같다. 겉으로 말짱하고 몇 년 만에 본 나도 알아보셨는데, 편찮으신 게 맞구나! 우리 엄마보다 두 살이나 어리신데 남 일 같지 않다.

남들은 모른다

경 언니는 도착하자마자 "여기 와서 살아. 스님한테 방 하나 달라고 해서 글 쓰고. 좋다, 야." 한다. 하는 일도, 내 삶도 지긋지긋하다고 토로한 적이 있다. 그때 언니는 "아휴, 잘 사는 거 같더니만. 일만 알던 사람이 왜 그래?" 하며 안타까워했다. "나도 내가 이럴 줄 몰랐어, 정말!"

정말 몰랐다. 연설문, 보도자료, 인사 말씀을 쓰느라 1년 넘게 짜장면을 사무실로 배달해 먹고 밤샘 작업을 했다. 그런 나를 지켜보던 동료 한 분이 퇴근하다가 문득 돌아보며 물었다.

"은섭 씨는 뭔 재미로 살아? 맨날 일만 하고…".

그러게, 왜 그러고 살았을까? 친구들 모임도, 사무실 회식 자리도 빠지고, 동료들과 점심도 같이 못 먹고 일했다. 일벌레, 워커홀릭 소리를 들어도, 섭섭해해도 '밥값은 해야지'

했다. 사실 일하는 게 좋았다. 그때는 그랬다.

10년 후 변해버린 자신을 예측할 수 있을까? 나를 확신할 수 있을까? 멀쩡하던 사람도 병이 나고, 근엄하던 사람도 주책이 되는 게 인생이다. 알 수 있는 건 고작 나이를 먹고, 확신할 건 아무것도 없다는 걸 알게 될 거라는 것.

노동요는 미스터 트롯

강정 만들기 3일차, 에너지가 넘치는 미국 보살이 아침부터 폰을 충전기와 연결하더니 <미스터 트롯> 녹화 영상을 크게 튼다. 공양간에 울려 퍼지는 뽕짝 소리. 주지 스님 경악하실라 걱정이 되어 나도 모르게 스님을 돌아본다. 기우다. 아무 말 없이 태연하게 바가지에 강정 재료를 섞고 계시다.

트로트는 부를 줄 아는 노래가 없다. 늙어 보일까 봐 트로트를 안 부르기도 했지만, 음악은 잘 모른다. 그런데 지난겨울 방송에서 트로트 경연을 보고 깜짝 놀랐다. 젊은 남자 가수들이 나와서 트로트를 이전과 다른 방식으로 부르는 거다. 댄스 트롯, 태권도 트롯, 국악 트롯, 성악 트롯, 심지어 아이돌 트롯까지.

특히 속이 뻥 뚫릴 정도로 우렁찬 성량에다 화끈하게 노래하는 풍채 좋은 청년이 있었다. 부족한 노래 실력을 기교로 대충 넘어가지도 않고 성악과 트로트를 자유자재로 넘나드는 고급스러운 스킬, 여느 출연자와 다르다. 트로트의 세계에서는 이단아처럼 보였지만 시원시원 거침없는 게 딱 내 스타일이다. 어느새 자정이 지난 것도 잊고 거실 소파에 파묻혀 그가 노래하는 것을 지켜보게 했다. 그는 김호중이었다.

<미스터 트롯> 열풍은 전 국민 붐을 일으키더니 산사라고 비켜가지 않나 보다. 공양간 안을 트로트 가락이 완전히 점령했다. 사람들은 어깨를 절로 들썩이며 노래를 따라 부른다. 강정 만드는 손길도 덩달아 리듬을 탄다. 나도 흥이 나서 둥실둥실 따라 하고 싶다. 그런데 여기는 임영웅, 이찬원, 정동원 팬 일색이다.

각각 팬심에 시간은 잘도 간다. 주지 스님마저 <한오백년> 노랫가락을 술술 따라 하신다. 출연자 중 제일 어린 동원이가 <청춘> 노래를 할 때는 "하이고, 열세 살짜리가 저리 노래를 잘한다. 저 나이에 어찌 감성을 아노!" 하면서.

너나 나나

날이 밝기 전에 시작된 강정 만들기는 해가 져도 일이 끝나질 않는다. 다들 지쳐서 말이 없다. 경 언니도 힘든지 고개를 절레절레 흔든다. 앞으로 수제품 비싸다고 토 달지 않을 거다. 정직하게 전통을 고수하려니 뼛골이 빠진다. 누군가는 옛날 방식을 유지하고 계승해야겠지. 다만 이제 나는 빼줬으면 좋겠다. 못 버티겠다.

그런데 법당 스님이 내일은 새벽부터 나오라고 신신당부다. 비구니 교육이 있어 어쩔 수 없이 외출해야 한다는데, 왠지 고된 일에서 빠지게 되어 신나 보인다. "나 지금 아프거든요. 무리라고요." 소리치고 싶은데, "걱정하지 마세요. 잘할게요." 대답은 거꾸로니 첩첩산중이다. 누가 노동이 신성하다 했던가? 진정 개고생을 해보고 하는 소린가!

법당 스님 당부도 있고 해서 다음날은 새벽부터 후원으

로 갔다. 그런데 법당 스님이 나와 있다. 낯빛이 안 좋다. 어젯밤에 배탈이 나서 밤새 화장실을 들락거렸단다. 교육도 못 가고 아픈데도 사람 손이 아쉬우니 꼼짝없이 일하러 나온 것 같다. 여기는 걱정하지 말고 쉬시라고, 억지로 등 떠밀어 방으로 보내 드렸다.

가끔 출근길 버스에서 노트북을 열고 일하는 직장인들을 본다. 차가 밀려 가다 서기를 반복하든, 자리가 없어 서서 가는 고통쯤 핸드폰을 보며 잊든 아랑곳 않고. 고달픈 건 앉으나 서나 같지 않을까?

일상이 이런데 출세(出世)라고 속세와 다를까! 나도 계획이 있지만 남들은 모르고, 안다 한들 우선순위에서 밀린다. 개인보다 공동체, 나보다 남을 앞세우면 뒷말 들을 일은 적다. 언제까지 이러고 살아야 할까?

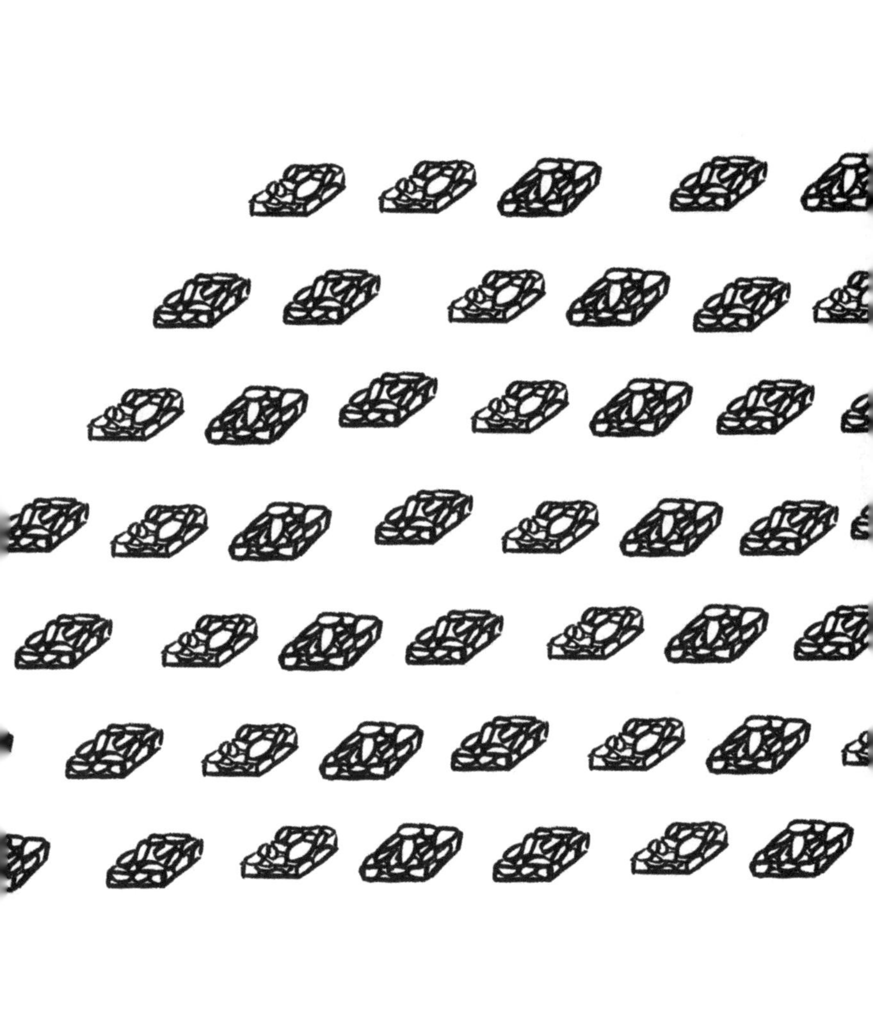

집중이 필요해

새벽부터 내린 비가 온종일 오려나 보다. 율무, 해바라기 씨, 아몬드, 깨로 만든 강정을 차례로 비닐 위에 널어 말리는 일을 법당 스님과 교대로 계속한다. 강정 개수를 세고, 물수건이 마르지 않게 빨고 있자니 허리가 부러질 것 같다.

아이고, 쉬러 와서 중노동이 웬 말이냐? 슬슬 꾀가 나는데 밀양 보살이라는 분이 나르는 일에 합류한다. 법당 스님은 밀양 보살에게 일을 가르쳐주면서 연신 잘한다며 칭찬한다. 내 귀엔 계속하라는 압박처럼 들려서 얄미워진다.

밀양 보살은 일은 서툴지만 힘든 내색이 없다. 남편이 앓다 죽은 지 얼마 안 돼 마음이 힘들어서 집중이 필요하다며 열심이다. 남편을 많이 사랑했을까? 나처럼 평생 혼자 산 사람이 그 슬픔을 다 헤아릴 수는 없지.

점심 공양에 나온 딸기가 맛이 좋다. 연말에 백화점 식품 매장에서 딸기를 자주 봤다. 그때는 비싸서 사 먹지 못했는데, 대신 여기서 냉큼 냠냠 먹는다. 옆자리서 새처럼 밥 먹는 밀양 보살 접시에 맛보라며 딸기 두 개를 놔준다. 연근 튀각은 바삭바삭 고소해서 밥 없이도 먹는다. 고추튀각도 과자처럼 먹는다. 평소보다 반찬이 두 배로 늘었다. 금강산도 식후경인데 중노동엔 뭔들 꿀맛, 마구 들어간다!

밥심

점심 공양 후 쉬는 시간을 틈타 엄마한테 전화하니 점심도 굶은 채 비 구경하며 앉아 있단다. 사람은 밥심으로 산다, 밥부터 먹으라고 입버릇처럼 말하고선 정작 본인은 제때 끼니를 챙겨 먹질 않는다.

"때 놓치지 말고, 밥 먹어야 건강하지."

한마디 하니까 건강해서 뭐 하냔다. 비 때문에 처량한 건지 괜한 심술인지 대꾸가 신통찮다. 요즘은 매사 심드렁하다. 마음이 무겁다.

"아프면 기운 빠지니 밥부터 드세요."

밥상을 차려주지도 못하고, 같이 먹지도 못하면서 잔소리다.

"때 놓치지 말고, 밥 먹어야 건강하지."

이 소리는 엄마가 늘 했던 소리다.

하룻강아지

폭주하며 큰소리치기 쉬운 하룻강아지와 달리 고수는 말없이 느긋하다. 강정 만드는 것만 봐도 팔순인 어르신이 자식뻘인 사람들보다 손이 빠르고 야무지다. 무시 못할 연륜의 힘이다. 대부분 쟁반 위에 나무 틀을 툭툭툭 쳐서 강정을 떨어뜨리는데, 고수는 한 손으로 툭 쳐서 떨어뜨린다. 만든 강정도 버석대거나 쉽게 깨지지 않는다.

보석만 시간이 갈수록 빛날까? 치열하게 산 세월을 넘긴 나이에 이르면 사람이 굉장히 솔직해진다. 숨겨놓은 자신만의 노하우를 대가 없이 나눠주기도 하고, 타인에게 친절을 베풀거나 겸손한 것이 자신의 마지막 과업인 양 훌륭해진다.

젊을 때, 가진 게 많을 때, 죽을 만큼 아파보지 않았을 때는 알기 어렵다. 하룻강아지는 범 무서운 줄 알 리 없다. 하루 뙤약볕이 무섭다고 살아봐야, 겪고 나야 아는 것이 있으니, 결국 시간이 답이다.

나를 위한 선물

곱고 인상 좋은 할머니가 되고 싶다. 귀엽게 늙어가고 싶다고 하니 경 언니가 애매하게 웃는다.(그래, 나 욕심 많다!)

평소 검소한 경 언니는 화장을 안 한다. 화장을 하지 않는 것도 제 멋이고, 치장하는 것도 자신을 위로하는 방식일 수 있다. 결핍이나 왜곡, 치우침이 없어야 나 자신을 사랑하고 남에게 베풀 아량도 생길 것이다.

가끔 나를 위한 선물을 한다. 고양이가 수놓아진 유치한 양말을 산 적도 있고, 평소에 하기 힘든 귀걸이나 화려한 옷을 산 적도 있다. 부족하고 허전한 마음 한 부분이 줄눈처럼 메꿔진다. 거창한 게 아니어도 된다. 커피 한 잔, 거리에서 파는 잡지 한 권으로, 때로는 좋아하는 미술 전시회 티켓을 사면서 "수고했어. 자, 선물!" 이러면 마술처럼 축 쳐진 기분이 사라진다.

뜻대로 하세요

목구멍이 포도청이라 일해야 하는 서글픔은 초월하기가 어렵다. 밥벌이 안 하면 뭐 하고 있을까? 남들과 비교하지 않고 굳은 의지로 살 자신과 배포만 있어도 인생이 덜 힘들 텐데….

어차피 인생은 뜻대로 안 되고, 사실 그게 더 낫다는 건 달관한 사람이나 하는 소리다. 오십이 넘으면 몸이든 마음이든 상처 없는 사람이 없다. 억울하고 분하고 인생이 엿 같은 시기를 거친다. 자기만의 방식으로 삶을 재정비할 때, 더는 피할 수도 물러날 수도 없는 시기, 그게 중년의 신호탄일 것이다.

요즘 들어 부쩍 유머 있는 사람이 좋다. 그냥 기분 좋아지고 싶어서, 웃으며 살고 싶어서다. 유유상종이겠지만 주변을 둘러보면 웃기는 사람 한 명쯤 있겠지.

이쯤 살아보니 인생이 별건가 싶고, 쫄지 말고 살 걸 아쉬운 마음도 든다. 흐린 거울을 쓱쓱 닦고 먼 길을 돌아 거울 앞에 선 국화꽃 같은 나를 마주 본다. 누군가는 부러워하고 누군가는 무시하거나 실망한다. 그들의 시선이 어떻든 내가 가진 것이 얼마든 결국 삶은 자기답게 흘러갈 것이다.

노안

어느 틈에 노안이 왔다. 안경 없이는 책 보기가 힘들다. 거리를 두고 보면 나아지지만, 어느 순간부터 구태여 잘 보려고 애쓰지 않게 됐다.

멀리 보고 살라고 노안이 오는 것 같다. 눈앞만 보지 말라고, 안 봐도 되는 건 패스하라고.

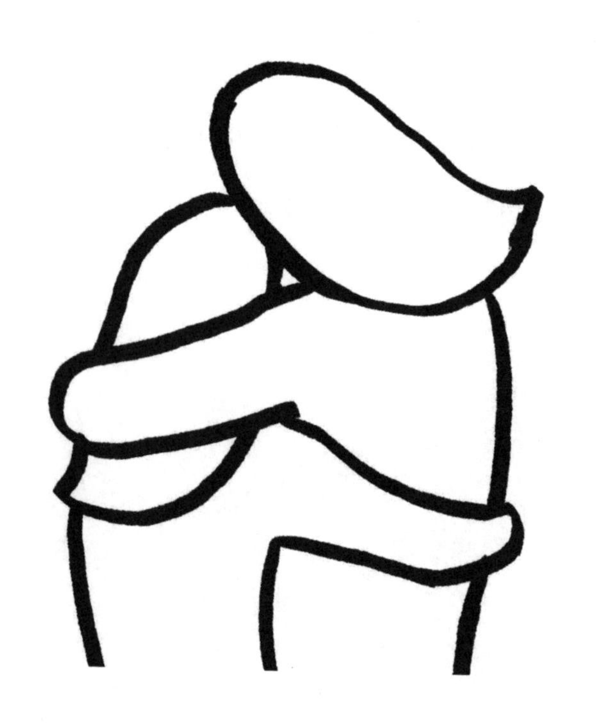

시절 인연

세상이 뒤집힐 것처럼 충격을 받고 설레발을 쳐도 시간이 지나면 무덤덤해진다. 칭찬과 성취감에 들떠서 흥분했던 일도 익숙해지면 일상일 뿐이다. 회의 중에 자리를 박차고 나가 담배를 피우고 돌아오던 다혈질의 문화 기획자는 지금도 화나면 담배를 뻑뻑 피울까? 홍보 책자를 받아보고 싶다고 편지를 보내온 부부는 책 내용대로 100가지 방법으로 한양도성길을 둘러보았을까?

누군가의 고맙다는 한마디, 그들이 보내준 편지가 내겐 응원이었다. 밥벌이로 누군가에게 필요한 사람이 되고 작은 도움이 된다면, 그게 성취감이고 보람이었다. 코드가 맞으면 즐겁고, 안 맞으면 아옹다옹. 그러다 갈라서기도 하는 거지. 그런데 어느 순간부터 그 시간을 후회하고 불평하고 있다.

사실, 누군가를 위한다는 것도 건방진 이기심이다. 잊지 말아야 할 건 고마운 사람들에게 고마워하는 거다. 편지를 보내준 사람 때문에 행복했던 순간, 무작정 찾아간 나를 말없이 안아준 사람, 내가 이렇게 요양할 수 있게 흔쾌히 휴가를 허가한 우리 과장, 또 받아준 삼선암 주지 스님…. 어쩌면 처음 보는 사람들끼리 어울려 강정을 만드는 이 순간도 멀리서 돌아보면 소중하고 아름다운 시절, 화.양.연.화!

떠날 때는 미련 없이

정든 이불은 한쪽에 잘 개어두고, 법당 스님이 준 책자는 법당 제자리에 돌려놨다. 지난 시간이 마음속을 지나간다. 캐리어를 잠그고 방 청소를 마친 뒤 방문을 앞뒤로 열어 환기한다. 겨울바람에 내가 살던 흔적이 날아간다.

점심 공양 후 출발하자던 경 언니는 일어날 기미가 없다. 다들 일하는 중간에 끊고 가기가 미안한가 보다. 이번 판만 더 하자, 간식 먹고 가자, 자꾸 출발을 미룬다. 강정 만든 지 사흘이 지났지만 주지 스님은 오늘도 끝내긴 어렵다고 한다.

결국 오후 네 시가 지나서야 우리는 마지못해 자리에서 일어났다. 바쁜 주지 스님은 일손을 못 놓고 그 자리에서 "잘 가라." 하신다.

올 때는 혼자 와서 "안녕하세요. 처음 뵙겠습니다." 싱겁더니, 갈 때도 "잘 쉬다 갑니다. 그간 감사했어요!"로 간단하다. 나그네가 왔다 가듯이. 사람이 나고 죽는 것도 이와 다르지 않을 거다. 떠날 때는 미련 없이 가고 싶다.

자백

서울로 올라오는 길, 차가 용인에 들어서니 동승한 선배가 뜬금없이 노래를 불러보라 한다. 노래방에 안 간 지 수년이지만 지엄하신 선배님 말씀이니…. 선배는 강정 만들며 듣던 트로트가 좋더라며 <백 세 인생>을 불러보란다. 유튜브를 켜고 노래를 불러드린다. "어머니, 만수무강하세요." 인사도 흉내 내본다. 몇 년 전 엄마가 <백 세 인생>, <내 나이가 어때서> 같은 노래를 부르던 게 겹친다. 엄마는 혼자서 이 겨울을 잘 나고 계신지…. 미안해진다. 더 크게 노래를 부른다.

언니들이 손뼉 치며 따라 노래하고, 옆에서 졸던 경 언니네 어머니도 신나 하신다. 목청껏 이 노래, 저 노래 주문대로 부르니 차 안이 완전 노래방이다. 난생처음으로 노래 잘한다는 소리에 우쭐해진다. 목 아픈지도 모르고 집까지 왔다. 그나마 차가 막히지 않아 다행이다. 흥에 겨워 춤까지 출 뻔했다.

귀가

현관문을 열고 들어서자 익숙한 냄새 그대로다. 동생은 아직 퇴근 전이다. 불 켜고 집 안을 돌아보니 떠나기 전의 흔적 그대로다. 짐을 푸는데 좀 전까지 흥겨웠던 기분이 순식간에 사라진다. 떠나기 전 돌덩이가 다시 달려드는 기분이다. 괜찮아, 괜찮아질 거야! 스스로 달래며 짐 정리를 마친다.

동생이 퇴근해 오는 소리가 들린다. 피곤한 목소리가 "왔어?" 하고는 방으로 들어간다. 보일러를 높이니 방 안이 훈훈해진다.

다시 출근

자리에 누워도 말똥말똥하다. 휴가는 끝났다. 막연하지만 막막하지 않은 게 신기하다. 내일은 평소대로 밀린 버스를 타러 나갈 거다. 조금씩 일기를 쓰기 시작하고 잠시 멈춤 할 수 있던 것에 감사한다.

에필로그

변화가 나도 모르게 왔다!

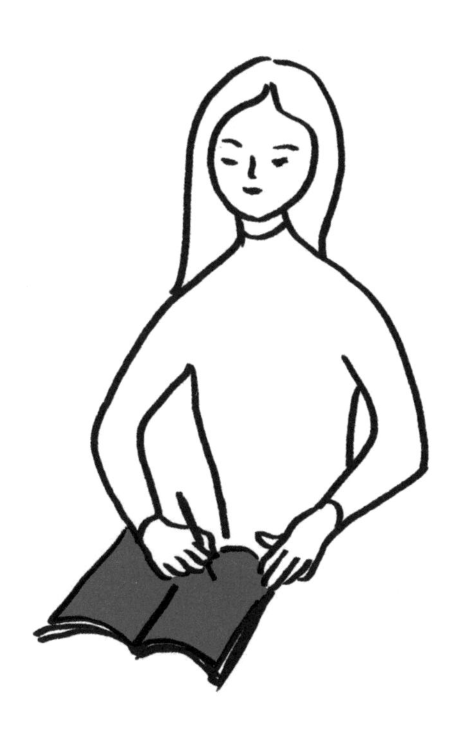

20일간의 암자 생활을 끝내고 돌아오니 바뀐 게 없다. 회사 생활은 여전히 쳇바퀴고, 얼마 지나지 않아 부기와 복부팽만이 돌아왔다. 허탈하다.

그런데 정작 중요한 변화가 나도 모르게 왔다. 마음이 달라진 것이다. 현실은 그대로인데 예전만큼 버겁지 않다. 울화, 짜증, 두통이 줄었다. 울컥해서 내뱉는 못된 말과 행동을 순삭('순간 삭제'의 줄임말)까진 안 돼도 물이 끓어 넘치기 전에 뚜껑 열 여유는 생긴 거다. 그러다 엎지르면? 뭐, 어쩔 수 없지!

나이만큼 어른스러우면 두려울 게 있을까? 때때로 느낀다. 내 안 깊은 곳 어디쯤에서 나를 지켜주는 호위무사가 있음을. 삼선암에서의 그 20일이 나를 살린 것을. 지금 그 20일의 에너지를 나눠 쓰는 거라고.

1년이 지나고 다시 삼선암을 찾았다. 반가운 한편 낯설다. 내가 처음 갔을 때와 다를 바 없어서. 내가 머물던 방도 그대로고, 반겨주는 주지 스님도, 법당 스님도, 공양주 보살님도 변함없다. 고양이 나비는 나를 못 알아본다. 그래, 그렇지! 잘 산다는 건 자기 영역에서 제 할 일을 할 뿐인 거다. 호들갑 떨 게 없다. 부처의 생애처럼. 왕자 싯다르타는 고행 끝에 깨달은 이, 석가모니 부처가 되었다. 그 후 50여 년 동안을 평소 그답게 살았다고 한다. 말도 많이 하면서.

아날로그에 머물 것만 같은 사찰도 시대에 맞춰 디지털화되어 간다. 새단장한 해인사 만불전은 미디어 파사드가 예술이라 구경 삼매경에 빠지게 한다. 떠밀리는 기분에 고집피우는 것도 버려야 할 집착일 뿐이다. 다만 급변하는 세상이 덜 버겁게, 느린 사람도 적응할 여유쯤 남겨두면 좋겠지.

삼선암 약사전 돌계단에 앉아 본다. 반질반질한 돌계단이 반가워서 손으로 쓰다듬는다. 나를 살린 20일의 비밀이 여기에 숨어 있다. 꽁꽁 잘 있거라!

바람이 솔솔 분다. 맞은편 계곡에서 불어오는 솔바람에 마음이 가벼워진다. 삼선암에서 나오는 길, 옹기종기 쌓인 돌탑들과 소원 등이 줄지어 있다. 일주문 안으로 사람들이 들어온다. 텃밭에는 풀꽃들이 한데 어울려 햇살에 빛난다.

절에서 하룻밤 묵어보고 싶다면

- 템플스테이를 운영하는 사찰들

www.templestay.com

서울특별시

봉은사	서울특별시 봉은사로 531
화계사	서울특별시 강북구 화계사길 117
천축사	서울특별시 도봉구 도봉산길 92-2
석불사	서울특별시 마포구 마포대로4다길 23-6
관문사	서울특별시 서초구 바우뫼로7길 111
경국사	서울특별시 성북구 보국문로 113-10
길상사	서울특별시 성북구 선잠로5길 68
국제선센터	서울특별시 양천구 목동동로 167
수국사	서울특별시 은평구 서오릉로23길 8-5
진관사	서울특별시 은평구 진관길 73
금선사	서울특별시 종로구 비봉길 137
조계사	서울특별시 종로구 우정국로 55
묘각사	서울특별시 종로구 종로63가길 31

경기도

대원사	경기도 가평군 북면 백둔로 21-162
백련사	경기도 가평군 상면 샘골길 159-50
중흥사	경기도 고양시 덕양구 대서문길 393
흥국사	경기도 고양시 덕양구 흥국사길 82
연주암	경기도 과천시 자하동길 63
금강정사	경기도 광명시 설월로 58
묘적사	경기도 남양주시 와부읍 수레로661번길 174
봉선사	경기도 남양주시 진접읍 봉선사길 32
봉인사	경기도 남양주시 진건읍 사릉로156번길 295
수진사	경기도 남양주시 천마산로 115-13
대광사	경기도 성남시 분당구 구미로185번길 30
정토사	경기도 성남시 수정구 옛골로 42번길 3
수원사	경기도 수원시 팔달구 수원천로 300
봉녕사	경기도 수원시 팔달구 창룡대로 236-54
육지장사	경기도 양주시 백석읍 기산로471번길 190
회암사	경기도 양주시 회암사길 281
용문사	경기도 양평군 용문면 용문산로 782
신륵사	경기도 여주시 신륵사길 73
화운사	경기도 용인시 처인구 동백죽전대로 111-14
법륜사	경기도 용인시 처인구 원삼면 농촌파크로 126
용주사	경기도 화성시 용주로 136
연등국제선원	인천광역시 강화군 길상면 강화동로 349-60
전등사	인천광역시 강화군 길상면 전등사로 37-41

강원도

용연사	강원도 강릉시 사천면 중앙서로 961
보현사	강원도 강릉시 성산면 보현길 396
현덕사	강원도 강릉시 연곡면 싸리골길 170
건봉사	강원도 고성군 거진읍 건봉사로 723
화암사	강원도 고성군 토성면 화암사길 100
삼화사	강원도 동해시 삼화로 584
설악산 신흥사	강원도 속초시 설악산로 1137
낙산사	강원도 양양군 강현면 낙산사로 100
구룡사	강원도 원주시 소초면 구룡사로 500
명주사	강원도 원주시 신림면 물안길 62
백담사	강원도 인제군 북면 백담로 746
삼운사	강원도 춘천시 후석로441번길 12
월정사	강원도 평창군 진부면 오대산로 374-8

충청도

영평사	세종특별자치시 장군면 영평사길 124
숭산국제선원 무상사	충청남도 계룡시 엄사면 향적산길 129
갑사	충청남도 공주시 계룡면 갑사로 567-3
학림사	충청남도 공주시 반포면 제석골길 67
마곡사	충청남도 공주시 사곡면 마곡사로 966
한국문화연수원	충청남도 공주시 사곡면 마곡사로 1065
지장정사	충청남도 논산시 노성면 화곡안길 103
영랑사	충청남도 당진시 고대면 진관로 142-52
무량사	충청남도 부여군 외산면 무량로 203
부석사	충청남도 서산시 부석면 부석사길 243
서광사	충청남도 서산시 부춘산1로 44

수덕사	충청남도 예산군 덕산면 수덕사안길 79
미륵대흥사	충청북도 단양군 대강면 황정산로 23
구인사	충청북도 단양군 영춘면 구인사길 73
법주사	충청북도 보은군 속리산면 법주사로 405
영국사	충청북도 영동군 양산면 영국동길 225-35
반야사	충청북도 영동군 황간면 백화산로 652
미타사	충청북도 음성군 소이면 소이로 61번길 164
용화사	충청북도 청주시 서원구 무심서로 565
석종사	충청북도 충주시 직동길 271-56

경상도

옥천사	경상남도 고성군 개천면 연화산1로 471-9
용문사	경상남도 남해군 이동면 용문사길 166-11
대원사	경상남도 산청군 삼장면 대원사길 455
문수암	경상남도 산청군 시천면 마근담길 173-17
표충사	경상남도 밀양시 표충로 1338
통도사	경상남도 양산시 하북면 통도사로 108
성주사	경상남도 창원시 성산구 곰절길 191
대광사	경상남도 창원시 진해구 진해대로 303
용화사	경상남도 통영시 봉수로 107-82
쌍계사	경상남도 하동군 화개면 쌍계사길 59
해인사	경상남도 합천군 가야면 해인사길 122
선본사	경상북도 경산시 갓바위로 699
불국사	경상북도 경주시 불국로 385
골굴사	경상북도 경주시 양북면 기림로 101-5
기림사	경상북도 경주시 양북면 기림로 437-17
도리사	경상북도 구미시 해평면 도리사로 526

직지사 경상북도 김천시 대항면 직지사길 95
대승사 경상북도 문경시 산북면 대승사길 283
축서사 경상북도 봉화군 물야면 월계길 739
심원사 경상북도 성주군 수륜면 가야산식물원길 17-56
자비선사 경상북도 성주군 수륜면 계정길 208
봉정사 경상북도 안동시 서후면 봉정사길 222
장육사 경상북도 영덕군 창수면 장육사1길 172
은해사 경상북도 영천시 청통면 청통로 951
용문사 경상북도 예천군 용문면 용문사길 285-30
고운사 경상북도 의성군 단촌면 고운사길 415
보경사 경상북도 포항시 북구 송라면 보경로 523
동화사 대구광역시 동구 동화사1길 1
도림사 대구광역시 동구 인산로 242
범어사 부산광역시 금정구 범어사로 250
선암사 부산광역시 부산진구 백양산로 138
내원정사 부산광역시 서구 엄광산로40번길 80

전라도

증심사 광주광역시 동구 증심사길 177
무각사 광주광역시 서구 운천로 230
백련사 전라남도 강진군 도암면 백련사길 145
무위사 전라남도 강진군 성전면 무위사로 308
능가사 전라남도 고흥군 점암면 팔봉길 21
천은사 전라남도 구례군 광의면 노고단로 209
화엄사 전라남도 구례군 마산면 화엄사로 539
연곡사 전라남도 구례군 토지면 피아골로 774
대원사 전라남도 보성군 문덕면 죽산길 506-8

정혜사	전라남도 순천시 서면 정혜사길 32
송광사(순천)	전라남도 순천시 송광면 송광사안길 100
선암사	전라남도 순천시 승주읍 선암사길 450
흥국사	전라남도 여수시 흥국사길 160
불갑사	전라남도 영광군 불갑면 불갑사로 450
도갑사	전라남도 영암군 군서면 도갑사로 306
신흥사	전라남도 완도군 완도읍 청해진남로 101-1
백양사	전라남도 장성군 북하면 백양로 1239
대흥사	전라남도 해남군 삼산면 대흥사길 400
미황사	전라남도 해남군 송지면 미황사길 164
운주사	전라남도 화순군 도암면 천태로 91-44
쌍봉사	전라남도 화순군 이양면 쌍산의로 459
선운사	전라북도 고창군 아산면 도솔길 120
금산사	전라북도 김제시 금산면 모악15길 1
실상사	전라북도 남원시 산내면 입석길 94-129
귀정사	전라북도 남원시 산동면 대상2길 246
안국사	전라북도 무주군 적상면 산성로 1050
개암사	전라북도 부안군 상서면 개암로 248
내소사	전라북도 부안군 진서면 내소사로 243
송광사(완주)	전라북도 완주군 소양면 송광수만로 255-16
금당사	전라북도 진안군 마령면 마이산남로 217

제주도

약천사	제주특별자치도 서귀포시 이어도로 293-28
금룡사	제주특별자치도 제주시 구좌읍 김녕로 148-11
관음사	제주특별자치도 제주시 산록북로 660
백제사	제주특별자치도 제주시 애월읍 광령남6길 54

나를 살린 20일

2022년 8월 19일 초판 1쇄 발행

지은이 진은섭
발행인 박상근(至弘) • 편집인 류지호 • 상무이사 김상기 • 편집이사 양동민
책임편집 김소영 • 편집 이상근, 김재호, 양민호, 권순범 • 그림 정윤미
디자인 쿠담디자인 • 제작 김명환 • 마케팅 김대현, 정승채, 이선호 • 관리 윤정안
펴낸 곳 불광출판사 (03150) 서울시 종로구 우정국로 45-13, 3층
대표전화 02) 420-3200 편집부 02) 420-3300 팩시밀리 02) 420-3400
출판등록 제300-2009-130호(1979. 10. 10.)

ISBN 979-11-92476-40-7 (03810)

값 18,000원

잘못된 책은 구입하신 서점에서 바꾸어 드립니다.
독자의 의견을 기다립니다. www.bulkwang.co.kr
불광출판사는 (주)불광미디어의 단행본 브랜드입니다.

∞ 이 책은 아모레퍼시픽의 아리따 글꼴을 사용하여 디자인하였습니다.